BROT UND SPIELE

DER KURZGESCHICHTENVERLAG

...Nam qui dabat olim imperium, fasces, legiones, omnia, nunc se continet atque duas tantum res anxius optat: panem et circenses.

– Juvenal, Satura X, Versus 78-81

Max Haberich und
Thomas Ballhausen (Hrsg.)

SCHNITZLERS REIGEN
DER NÄCHSTE TANZ

Zehn Dialoge

Bundesministerium
Kunst, Kultur,
öffentlicher Dienst und Sport

Stadt
Wien | Kultur

Gedruckt mit der freundlichen Unterstützung des Bundesministeriums für Kunst, Kultur, öffentlichen Dienst und Sport sowie der Kulturabteilung der Stadt Wien (MA 7), Abteilung Literatur.
Der Abdruck der historischen Fotografien geschieht mit freundlicher Genehmigung der Österreichischen Nationalbibliothek/Abteilung Bilddokumentation.

Umschlaggestaltung: Jannik Knop
Lektorat und Satz: Anna Fercher
Druck und Bindung: CPI, Leck
ISBN: 978-3-903406-21-6

www.brotundspieleverlag.net

Inhalt

Die „Reigen"-Fotos des Ateliers Foka. Ein Vorwort

Der Zufall führte Regie. Eine Recherche im Bildarchiv der Österreichischen Nationalbibliothek förderte einen ungeahnten, singulären Fotoschatz zutage. In einem großen Konvolut von Theaterfotografien, vor allem aus der Zeit der Jahrhundertwende (19./20. Jh.), mit Atelier-Porträts und statischen Rollenbildern damals berühmter und beliebter Schauspieler und Sänger verbarg sich ein unscheinbares Kuvert mit zehn Fotografien. Aufgrund ihres kleineren Formats und nicht auf dem um die Jahrhundertwende noch üblichen Karton aufgezogen, bildeten sie einen Fremdkörper in diesem sonst sehr gleichförmigen Fotobestand. Es handelte sich sichtlich um Szenenfotos, von der Mode und den Frisuren der Darstellerinnen konnte man auf die Zeit um/nach dem Ersten Weltkrieg tippen. Die Wirkung der Bilder und die Art der Inszenierung sowie des Schminkstils der Darsteller ließ gleich an Filmstills der Stummfilmzeit denken. Bei näherer Betrachtung dieser zehn Schwarz-Weiß-Fotos konnte man sehr schnell ahnen, dass es sich um eine Kostbarkeit handelt. Die Silbergelatineabzüge in der Größe 14,5 x 11 cm waren in einem neuwertigen Zustand und rückseitig jeweils mit handschriftlichen Anmerkungen und Stempeln versehen. Eine kleine enge Handschrift vermerkte „Bilder aus verschiedenen Theatervorstellungen", ein zweiter energischer und großer Schriftzug das Wort „Reigen". Darunter zwei Stempel in hellroter Farbe „Atelier Foka, Wien II, Gredlerstraße 2, Ob. Donaustraße 101-103" sowie „Nachdruck verboten". Da schlägt das Historikerherz gleich höher! Wo beginnt man mit weiteren Recherchen, welche losen Fäden versucht man, zu verknüpfen? Sofort drängte sich die Vermutung auf, es könnte sich um die Erstaufführung von Schnitzlers „Reigen" in Wien handeln, das Datum war rasch eruiert. Einmal mehr zeigt sich hier der Vorteil der digitalen Verfügbarkeit von historischen Zeitungen und Zeitschriften. So führt der erste Weg in das Zeitschriftenportal „ANNO" der Österreichischen Nationalbibliothek. Neben zahlreichen Berichten zur Wiener Erstaufführung in den zeitgenössischen Tageszeitungen gab es auch einen Bildbericht in den „Wiener Bildern“ am 13. Februar 1921. Im Kulturteil wurden zehn (!) Fotos des Ateliers Foka abgedruckt. Allein die Anzahl der Bilder in diesem Kulturbericht war außergewöhnlich; in den meisten Fällen begnügte man sich mit dem Porträt eines Hauptdarstellers / einer Hauptdarstellerin, nur in seltenen Fällen wurde ein Szenenfoto veröffentlicht.

Anhand der Fotografien in den „Wiener Bildern“ und der im Kuvert aufgefundenen Abzügen war rasch klar, dass es mehr als die zehn überlieferten Aufnahmen gegeben haben muss. In der Zeitung sind einige Bilder identisch, bei anderen wurden Posenvarianten bzw. ähnliche Szenen abgedruckt.

Bei Recherchen in anderen Archiven bzw. in zeitgenössischen Zeitschriften konnte allerdings kein einziges Szenenfoto (Abzug oder Abdruck) dieser Erstaufführung gefunden werden. Die Durchsicht von Schnitzler-Biografien bzw. Werken über den „Reigen“ blieb ebenfalls erfolglos. So halten wir – zumindest mit jetzigem Wissensstand – Unikate in Händen. Das erhöht den Wert dieser zehn Fotografien noch einmal erheblich, da sie die einzigen visuellen Zeugnisse der Erstaufführung des „Reigen“ in Wien darstellen. Auch wenn es Beschreibungen des Bühnenbildes gibt, so bilden diese Fotografien mit Szenenbildern inkl. Schauspielern eine unschätzbare Quelle.

Lt. Angabe in den „Wiener Bildern“ sind die Aufnahmen nach der Aufführung entstanden. Einerseits war für den Fotografen damit der ungehinderte Zugang zur Bühne gewährleistet und andererseits konnte bei dieser Gelegenheit die Beleuchtung adaptiert werden, um keine zu dunklen oder unscharfen Bilder zu produzieren. Es war daher auch jederzeit möglich, ein Szenenfoto zu wiederholen oder die Schauspieler konnten eine bessere Position einnehmen. Es wäre aber auch denkbar, dass die Fotos bereits im Rahmen der Generalprobe entstanden sind.

In der Zeitschrift wird dezidiert auf den Auftraggeber hingewiesen:

„(...) für die ‚Wiener Bilder' aufgenommen vom Atelier Foka Wien". Die relativ kurz gehaltene Theaterkritik ist uneingeschränkt positiv. Möglicherweise hat der Rezensent den Kontakt zum Fotostudio hergestellt, um damit einen fotografischen Coup zu landen und als einzige Illustrierte Bildmaterial dieser damals sehr umstrittenen Aufführung zu besitzen und publizieren zu können.

Betrachten wir nun den Urheber dieser außerordentlichen Fotos genauer: Das Atelier Foka war im zweiten Bezirk angesiedelt und eine Recherche in den digitalen Zeitschriftenbeständen der Österreichischen Nationalbibliothek ergab einige Treffer. Bei den aufgefundenen Bildern handelt es sich ausschließlich um Aufnahmen aus dem Kunst- und Kulturbereich.

Auch im Wiener Stadt- und Landesarchiv finden sich Spuren des Ateliers, das nur relativ kurz Bestand hatte. Die Firma wurde im Oktober 1919 unter dem Namen „Atelier Foka, Holzstein & Co, Porträtfotografengewerbe" ins Firmenregister eingetragen. Als Gesellschafter firmierten der Fotograf Bernhard Holzstein, der Kaufmann Josef Holzstein sowie Max Spindel und Leo Schwefel. Im Jahr 1926 erfolgt die Gewerberücklegung und Löschung der Firma. Nähere Informationen findet man zu Bernhard Holzstein, der bereits unter seinem Namen als Fotograf tätig war und sein Gewerbe im Mai 1909 angemeldet hat. Zuerst ansässig in der Glockengasse 6 im zweiten Wiener Gemeindebezirk, übersiedelt er 1914 in die nahegelegene Novaragasse 24. Im Jahr 1918 erhält er die Gewerbeberechtigung im Bereich Porträtfotografie. Ein Fotograf gleichen Namens ist um die Jahrhundertwende (19./20.Jh.) in Buczacz (damals Galizien, heute Ukraine) nachweisbar. Es könnte sich um die gleiche Person handeln, das ließ sich bis dato leider nicht verifizieren.

Die Blütezeit des Ateliers währt nur kurz, die Jahre 1920 bis 1922 sind die erfolgreichsten; danach lassen sich keine Fotos mehr in den zeitgenössischen Illustrierten nachweisen.

Woher der Name „Foka" stammt, konnte leider nicht eruiert werden.

Möglicherweise handelt es sich um ein Akronym, die ersten beiden Buchstaben bezeichnen **Fo**tografie, das **„k“** könnte für künstlerisch stehen und **„a“** für Aufnahmen. Aber das ist reine Spekulation ...

In welchen Zeitungen wurden nun die Bilder dieses kurzlebigen Ateliers abgedruckt? Vor allem in der Illustrierten „Moderne Welt. Kunst, Literatur, Mode“ (erschienen zwischen 1918 und 1939) finden sich in der Kulturberichterstattung Fotografien des Ateliers Foka. Diese Zeitschrift erschien zweiwöchentlich, herausgegeben von Arnold Bachwitz und angesiedelt im sog. „Palais des Beaux Arts“ in der Löwengasse im dritten Wiener Gemeindebezirk. In dieser sehr attraktiv und visuell aufwendig gestalteten Zeitschrift erschienen die Foka-Bilder neben Aufnahmen so bekannter Wiener Fotografen wie Löwy, Setzer, Kosel oder Madame D'Ora. Auch in den illustrierten Wochenzeitungen „Das interessante Blatt“ und „Wiener Bilder“ lassen sich Bilder des Ateliers auf den Kulturseiten nachweisen. Es handelt sich durchwegs um Porträtfotos damals bekannter Sänger oder Schauspieler, nur in seltenen Fällen um Szenenfotos. Die Porträtfotos dienten oftmals auch als Autogrammkarte, wie erhaltene Fotos des italienischen Opernkomponisten Giacomo Puccini oder des spanischen Tenors Miguel Fleta beweisen. Diese Autogrammkarten wurden mit einem grafisch sehr schön gestalteten Prägestempel des Ateliers Foka versehen. Dies bedeutete aufgrund der Verbreitung dieser Porträtfotos auch eine gute Werbewirkung für das Atelier.

Die Puccini-Fotos entstanden höchstwahrscheinlich im Hotel Bristol, da der Komponist anlässlich der Aufführung seines Triptychons „Gianni Schicchi“, „Suor Angelica“ und „Il Tabarro“ in der Wiener Staatsoper 1920 nach Wien gekommen war. Von „Gianni Schicchi“ existiert ein Gruppenfoto der Sänger, ebenfalls vom Atelier Foka aufgenommen und im „Interessanten Blatt“ abgedruckt. In der gleichen Zeitung findet sich auch ein Foka-Foto der Opernsängerin Hermine Kittel in „Suor Angelica“ sowie Porträts von Alfred Piccaver („Il Tabarro“) und Lotte Lehmann („Suor Angelica“).

Man kann aufgrund der abgebildeten Personen und Aufführungen darauf schließen, dass das Atelier Foka einen sehr guten Ruf in der Theater- und Musikwelt genossen hat und daher auch internationale Prominenz wie Puccini vor die Linse traten. Die Bandbreite der Künstler erstreckt sich von der Staatsoper bis zum Bürgertheater, Musikstücke und Sprechtheater. Daneben finden sich noch Aufnahmen von Dirigenten wie Felix Weingartner oder des musikalischen „Wunderkinds" Erich Wolfgang Korngold.

Auch wenn bis auf einige Autogrammkarten kaum mehr Fotos des Ateliers Foka im Original auffindbar sind, wird dieses Fotostudio für die einzigartigen bildlichen Zeugnisse der Wiener Erstaufführung des „Reigen" für immer einen prominenten Platz in der Theaterfotografie einnehmen.

Michaela Pfundner

Die Escortdame und der Regisseur

Nestroy-Gala. Auf dem roten Teppich.

ESCORTDAME.
Hello! Are you waiting for me?

REGISSEUR.
Äh, I don't know.

ESCORTDAME.
Did you book an escort for tonight?

REGISSEUR *deutet ihr, nicht weiterzusprechen; im Flüsterton.*
Yes, I booked somebody. Via an agency. But ... was it you on the pictures? Anita?

ESCORTDAME.
No, sorry for that! Anita couldn't make it, she's ill. I'm glad I managed to make it just in time. I'm her substitute. Ivana.

REGISSEUR.
Nobody told me! Na super ... that won't work the way it was supposed to.

ESCORTDAME.
You want to cancel the appointment? No, please don't do that.

REGISSEUR.
No. It's too late anyway. Now that you are here.

ESCORTDAME.
The booking is for three hours and can be extended. Do you have the money for the start?

REGISSEUR.

Ja, here in the envelope. Anita and you have the same price?

ESCORTDAME.

Yes.

REGISSEUR *schaut um sich und gibt ihr ein Kuvert.*

If you wanna count it, please do it in your handbag, so that nobody can see it.

ESCORTDAME.

I am no idiot. *Sie steckt das Kuvert in ihre Handtasche und zählt das Geld unauffällig.* Alright. And now: relax.

REGISSEUR.

It's just ...

ESCORTDAME.

What is it, baby? *Sie berührt ihn an der Schulter.*

REGISSEUR.

It would be much easier if you could speak German. That's why I chose Anita, because she wrote it on her profile.

ESCORTDAME *mit Akzent.*

Ich kann auch Deutsch sprechen. Pa, nema problema. Was soll ich dir erzählen?

REGISSEUR.

Ach so! Naja, ich hab eigentlich extra jemanden gesucht mit Muttersprache Deutsch – und Studium. Das wird für heute Abend nicht ganz unwichtig sein. Deswegen habe ich Anita ausgesucht; in ihrem Profil stand das alles. Egal, müssen wir jetzt so hinkriegen.

ESCORTDAME *plötzlich ohne Akzent.*

Ich bin aus Es-tii-pii.

Regisseur.

Wo ist das?

Escortdame.

St. Pölten. Meine Muttersprache ist Deutsch. Besser?

Regisseur.

Ach, eh?! Wieso ...?

Escortdame.

Der Ost-Akzent kommt sonst immer gut an bei den Kunden.

Regisseur.

Aha.

Escortdame.

Studiert hab ich übrigens auch. Hab den Master in Literaturwissenschaft und Publizistik. *Zärtlich.* Aber das ist für die Romantik jetzt nicht so wichtig, oder?

Regisseur.

Bitte ohne Romantik. Ich weiß ja nicht, wie das sonst so läuft, aber das heute Abend ist ein ganz spezieller Auftrag. Wir tun so, als wären wir ein Paar. Schon länger. Kein aufgesetztes Getue wie sonst bei irgendwelchen Kunden. Du siehst ja, wo du hier bist. Heute werden die Nestroys vergeben. Sagt dir das was?

Escortdame.

Ja, mir kommen die Leute so bekannt vor!

Regisseur *beobachtet zwei Gäste bei der Begrüßung.*

Korrektur: Das aufgesetzte Getue ist bitte nicht zu streichen, sondern gegebenenfalls zu spielen. Ich glaube, deine Rolle verträgt das. Du weißt schon: Bussi-Bussi und ein bisschen schleimen, wenn es sich anbietet. Sag einmal, hat dich die Agentur überhaupt nicht gebrieft?

ESCORTDAME.

Nein, sorry, ich bin wirklich ganz kurzfristig eingesprungen.

REGISSEUR.

Okay. *Er holt tief Luft.* Ich bin Theaterregisseur und brauche eine seriöse, attraktive, interessante Partnerin an meiner Seite. Weil uns wahrscheinlich ein paar wichtige Leute über den Weg laufen, und die sollen gefälligst auf mich aufmerksam werden. Gesichtswäsche, Small Talk, Networking, alles für die Karriere. So funktioniert das. Und mit Pärchenbonus geht's leichter, verstehst du?

ESCORTDAME.

Alles klar! Darf ich auch witzig sein oder nur seriös und interessant?

REGISSEUR.

Falls jemand danach fragt, hätte ich mir gedacht, wir sagen, du bist Schauspielerin. Ist naheliegend. Könnte aber auch heikel werden. Am besten, du lächelst nur, sagst hallo, ja und amen und überlässt das Reden mir.

ESCORTDAME.

Aber ich bin doch Schauspielerin!

REGISSEUR.

Was, echt jetzt?

ESCORTDAME.

Ja! Ich hab summer classes und Improworkshops gemacht bei –

REGISSEUR.

Danke, das genügt, du brauchst sie mir jetzt nicht alle aufzuzählen. Wo hast du gespielt?

ESCORTDAME.

Hamburg, Berlin, München –

REGISSEUR.

Am Theater?!

ESCORTDAME.

Nicht direkt ... Ich hab hauptsächlich kurze Filme, Videos und so Sachen gemacht.

Ein Mann mittleren Alters kommt vorbei. Er trägt einen auffälligen Schal.

REGISSEUR *als Dr. Bernhardi.*

Sagen Sie den Herren, die Sie hergeschickt haben –

SCHALTRÄGER *als Dr. Ebenwald.*

Oho!

REGISSEUR.

Mein Lieber!

SCHALTRÄGER.

Mein Regie-Ass! Schön, dich zu sehen.

Sie umarmen einander.

SCHALTRÄGER *als Dr. Ebenwald.*

Pardon, es hat mich niemand hergeschickt ...

REGISSEUR.

Gut schaust aus.

SCHALTRÄGER.

Meine Güte, wie lang ist das jetzt her? Zehn, elf Jahre?

REGISSEUR.

Zwölf, um genau zu sein. Wie geht's dir? Du bist jetzt Ensemblesprecher, hab ich gehört. Hast du dir das Amterl ausgesucht oder ist es dir zugeflogen?

SCHALTRÄGER.

Bitte verschon mich; ich wollt, ich hätt mich nicht dazu überreden lassen. Aber sag – wie ich sehe, gibst du heute den Hofreiter ...

REGISSEUR *amüsiert.*

Was kommt jetzt?

SCHALTRÄGER.

Na, mit dieser entzückenden Erna an deiner Seite. Küss die Hand. *Er gibt der Escortdame einen Handkuss.*

ESCORTDAME *überrascht.*

Oh, danke …

SCHALTRÄGER *als Friedrich Hofreiter.*

Ich bitte Sie dringend, spielen Sie nicht mit mir, Erna. Ich bin doch ehrlich genug mit Ihnen. Sagen Sie einfach nein, und die Sache ist erledigt.

REGISSEUR *lacht und setzt fort, ebenfalls als Hofreiter.*

Mauer wird noch einzuholen sein.

SCHALTRÄGER *als Hofreiter, zu Escortdame; sehr ernst.*

Zum lächerlich Werden hab ich keine Anlage. Wollen Sie meine Frau werden?

REGISSEUR.

Du kannst ihn gerne abblitzen lassen, das ist er gewöhnt.

ESCORTDAME *verdutzt.*

Vielleicht ein andermal?

Alle drei lachen.

SCHALTRÄGER.

Darauf müssen wir nachher anstoßen! Jetzt rufen die Geschäfte. Ihr bleibt doch bis zum Schluss, oder? Ich bitte Sie, Herr Professor.

REGISSEUR *als Dr. Bernhardi.*

Da glaube ich, Sie beruhigen zu können, Herr Kollega …

SCHALTRÄGER.

Großartig!

Wieder als Dr. Ebenwald. Sie haben die dargebotene Freundeshand verschmäht –

REGISSEUR *als Dr. Bernhardi.*
Und Sie gehen als Feind. Mir lieber. Es ist die ehrlichere Rolle.

SCHALTRÄGER *als Dr. Ebenwald, im Abgehen.*
Nach Belieben, Herr Direktor. – Ich habe die Ehre.

REGISSEUR *als Dr. Bernhardi, ihm nachrufend.*
Guten Abend.

SCHALTRÄGER *schon von Weitem.*
Nachher heben wir einen!

REGISSEUR.
Unbedingt, Herr Kollega!

Sie lachen und winken einander zu. Der Schalträger verschwindet in der Menge.

ESCORTDAME.
Ein Schauspieler, nicht?

REGISSEUR.
Jaja. Wir haben einmal zusammen den „Professor Bernhardi“ gemacht. Seine Karriere ging danach steil nach oben.

ESCORTDAME.
Und deine?

REGISSEUR *sieht sie scharf an.*
Ist am Höhepunkt.

ESCORTDAME.
Lustig war er. Ein bisschen aufdringlich, aber lustig.

REGISSEUR.
Der alte Charmeur. Ein lieber Kerl.

ESCORTDAME.
Hatte der eine Fahne?

REGISSEUR.
Pegeltrinker. Wär ich auch an seiner Stelle, als Sprecher von lauter Verrückten.

ESCORTDAME.
Aber sonst war's ganz nett, nicht?

REGISSEUR.
Das ist gut gelaufen, ja. Ich glaube, dich wollte er aus der Nähe sehen ... und betatschen. Allein meinetwegen ist er eher nicht hergekommen. Voriges Jahr hat er mir nur im Vorbeigehen zugewunken. Naja, vielleicht legt er einmal ein gutes Wort für mich ein.

Ein Mann in Schwarz betritt die Szenerie.

REGISSEUR.
Martin! Grüß dich! Kennst du mich nicht mehr? Die Reizwortoper? Vor zwei Jahren?

MANN *zögert, schaut Escortdame an und bleibt stehen.*
Ach ja, richtig! Natürlich, wie könnte ich das vergessen! Entschuldige, gerade erst angekommen, bin noch im Flieger.

ESCORTDAME.
Die Füße in Wien, der Kopf in Berlin!

MANN *lacht.*
Sie kennen das auch, was? Ja, wir müssen jetzt dranbleiben, heuer waren wir ja zum Glück wieder eingeladen ...

REGISSEUR.
Zum Theatertreffen, gleich mit zwei Inszenierungen! Hab ich mitgekriegt.

ESCORTDAME.
Ich auch! Tolle Sache. Da darf man doch gratulieren, oder?

MANN *lacht, winkt ab.*
Bitte, bitte. Das ist doch Schnee von vorgestern. Aber was hast du denn grad am Laufen? Erzähl!

REGISSEUR.
Ich hätte den „Reigen. Der nächste Tanz" inszenieren sollen. Sechs Autorinnen und vier Autoren, alle noch jung. Das Buch ist gerade erschienen und verkauft sich recht gut. Nur die Produktion kommt nicht zustande, weil es dem Haus jetzt doch zu aufwändig ist mit der großen Besetzung. Und Doppelrollen wollten sie nicht. Frag nicht, warum.

MANN.
Den „Reigen"? Aber das wird sich doch machen lassen, ich bitte dich! *Zur Escortdame.* Oder was meinen Sie dazu?

ESCORTDAME.
Nichts leichter als das! Wenn man ein gutes Ensemble hat. Mit wandlungsfähigen Schauspielerinnen!

REGISSEUR.
Und Schauspielern. Besetzung ist alles.

MANN *lacht.*
Na, schick mir das einmal!

REGISSEUR.
Hab ich schon. Du hast es vor einem Jahr als Erster gekriegt.

MANN.
Was?! Du, das hab ich nie zu Gesicht bekommen. Du musst es mir persönlich schicken, nicht an die Dramaturgie, die liegen erschlagen unter den Stapeln. Schreib außen auf das Kuvert gleich „Reigen", dann sag ich's der Conny und die gibt's mir dann.

REGISSEUR.

Mach ich. Danke.

ESCORTDAME.

Danke! Ich werd's morgen persönlich zur Post bringen!

MANN *lacht, im Abgehen.*

Aber lassen Sie sich von ihm nicht nur für die Botengänge besetzen, sondern auch für eine Hauptrolle!

ESCORTDAME *ihm nachrufend.*

Hab ich schon!

REGISSEUR *ihm nachrufend.*

Keine Sorge!

Der Mann in Schwarz geht ab.

REGISSEUR.

Spiel, Satz und Sieg.

ESCORTDAME.

War gut, oder? Wer war das?

REGISSEUR.

Der Intendant der wichtigsten Bühne im deutschen Sprachraum.

ESCORTDAME.

Wow! Ehrlich?

REGISSEUR.

Ja, das könnte jetzt wirklich klappen. Du bist Spitzenklasse!

ESCORTDAME.

Sag ich doch, Herr Regisseur. Werde ich jetzt besetzt?

REGISSEUR.

Und wie! Wann und wo du willst.

ESCORTDAME.

Was ist denn die Hauptrolle in diesem neuen „Reigen“? Oder einfach alle Frauenrollen?

REGISSEUR.

Alles, was du dir erspielst.

ESCORTDAME *drückt ihn.*

Du bist ein Schatz!

Sie kommen sich im Folgenden immer näher.

REGISSEUR.

Du bist die, die ich immer gesucht habe! Eine Maria Stuart. Eine Iphigenie. Eine Königin und eine Priesterin. Diese Grazie, dieses Edle, dieses Beseelte. Und so sensibel ...

ESCORTDAME.

Ja, das bin ich alles!

REGISSEUR.

Komm, erzähl mir was, mach Impro-Theater: Wie würde unsere Hochzeit aussehen?

ESCORTDAME.

Ganz in Weiß, eine Kutsche wird uns vom Standesamt zur Kirche –

REGISSEUR.

Lass die bitte aus dem Spiel. Und sagen wir lieber in Beige.

ESCORTDAME.

Vom Standesamt zur Feier: Ein schöner Garten, alles mit Blumen geschmückt, die Kellner reichen Sekt und Häppchen, die Jazzband spielt, zweihundert Gäste warten schon auf uns –

REGISSEUR.

Bist du wahnsinnig?!

ESCORTDAME.

An die hundert Gäste –

REGISSEUR.

Zwanzig. Nur der allerengste Kreis.

ESCORTDAME.

Fünfzig. Sonst kannst du dir deine Hochzeit aufzeichnen.

REGISSEUR.

Gut, meinetwegen fünfzig. Erzähl weiter! Was ist in zehn Jahren?

Sie verschwinden hinter eine Wand.

ESCORTDAME *sinnlich.*

Wir werden zwei kräftige Söhne und zwei süße Mädchen haben –

REGISSEUR.

Vier Kinder?! Wer soll das bezahlen? Zwei sind genug.

ESCORTDAME *sinnlicher.*

Ich werde dir einen kräftigen Sohn und ein süßes Mäderl schenken ... und jedes Jahr zu Weihnachten ... rennen sie ... um den Christbaum ... mit der Trompete ...

REGISSEUR.

Gott, bist du gut!

ESCORTDAME *leidenschaftlich.*

Wo ist der Osterhase?

REGISSEUR.

Oh, du heilige Johanna der Schlachthöfe ...

ESCORTDAME.

Ich ziehe in die Schlacht!

REGISSEUR.

Die Soldaten sind dir treu ergeben ...

ESCORTDAME.

Bereit zum Kampf!

REGISSEUR.

Reiß sie nieder, die Mauern von Jericho! Wirf weg den Harnisch und du wirst obsiegen!

ESCORTDAME.

Ich besiege dich, du Schurke!

REGISSEUR.

Oh, Erna, ich bin toll!

ESCORTDAME *leidenschaftlich.*

Ja, du bist so ein Toller, mein –

REGISSEUR *souffliert ihr.*

Friedrich.

ESCORTDAME *in Ekstase.*

Fried-rich! Das ist ... der Gipfelsturm ...

REGISSEUR.

Du hast die Rolle!

- - - - - - - - - - - - - - - - - - - -

Sie kommen wieder hervor. Lauerstellung. Der Regisseur entdeckt in einigen Metern Entfernung eine ihm bekannte Person.

REGISSEUR *hebt die Hand zum Gruß.*

Servus! *Der Versuch, die Person zu einem Gespräch herzuwinken, misslingt.*

ESCORTDAME.

Wer war das?

REGISSEUR.

Ein Trottel. *Er winkt jemand anderem zu.*

ESCORTDAME.

Die hat sich eiskalt weggedreht.

REGISSEUR.

Ja, wahrscheinlich weil sie dich bei mir gesehen hat.

ESCORTDAME.

Wieso? Hat die was gegen mich?

REGISSEUR.

Nein, denk dir nichts. Da gibt's eine Vorgeschichte. Egal. Die hat eh nichts mehr zu sagen.

ESCORTDAME.

Tss!

Ein kleiner, älterer Herr hat ein paar Zettel in der Hand und versucht im Gehen, sie zu ordnen und in seine Tasche zu stecken.

REGISSEUR.

Guten Abend.

ESCORTDAME.

Guten Abend.

HERR *nuschelt.*

Äh, gu~~t~~en Abend.

ESCORTDAME.

Darf ich Ihnen helfen?

HERR *nuschelt.*

I~~ch~~ ~~g~~laub, i~~ch~~ h~~a~~b's ~~g~~lei~~ch~~, danke.

Ein Zettel fällt zu Boden.

ESCORTDAME *hebt ihn auf.*

Hier, bitte.

HERR *nuschelt.*

Danke, ~~d~~anke. Und? Was steht bei Ihn~~en~~ als Nächst~~es~~ an?

REGISSEUR.

Ich werde den „Reigen. Der nächste Tanz“ inszenieren. Ich darf noch nicht sagen wo, aber es ist so gut wie fix. Die neuen Szenen haben sechs aufstrebende Autorinnen und vier Autoren geschrieben, alle sehr talentiert. Buch ist gerade erschienen, verkauft sich super. Die Produktion wird recht aufwändig, aber das Haus wird keine Kosten und Mühen scheuen: Große Besetzung – ohne Doppelrollen.

HERR *nuschelt laut.*

~~Her~~vorragend!

REGISSEUR.

Es ist angerichtet! Ein Festschmaus!

HERR *plötzlich klar und deutlich.*

Mahlzeit!

REGISSEUR.

Ein Hochgenuss!

HERR *zur Escortdame, stark nuschelnd.*

~~U~~nd? Schon ~~ein~~mal ein~~en~~ Schnitzler g’macht?

ESCORTDAME *zögert.*

Entschuldigung, wie bitte?

HERR *nuschelt lauter.*

Ob ~~Sie~~ schon ~~ein~~mal ein~~en~~ Schnitzler g’macht hab~~en~~!

ESCORTDAME *sieht Regisseur fragend an.*

REGISSEUR *schüttelt den Kopf.*

ESCORTDAME *verlegen.*

Ich koche nur vegan. Sie wissen schon.

Kurze, unangenehme Pause.

HERR *verdutzt.*

V~~er~~stehe.

REGISSEUR.

Aber beim Figurenfleisch sagt sie niemals nein! *Er lacht.* Darf ich Sie, wenn es so weit ist, zum Essen – ich meine, zur Premiere einladen?

HERR *nuschelt leise.*

Bitt~~e~~, bitt~~e~~; tun S~~ie~~, was S~~ie~~ ni~~ch~~t lass~~e~~n könn~~en~~. Na dann, all~~e~~s Gute.

REGISSEUR.

Danke, schönen Abend! Wir sehen uns!

ESCORTDAME.

Danke, Ihnen auch alles Gute! Schönen Abend!

Der ältere Herr geht ab.

REGISSEUR.

Das war's. Meine Karriere ist soeben den Bach runtergegangen. Ich danke recht herzlich.

ESCORTDAME.

Was? Wofür?

REGISSEUR.

Sollte das ein Witz sein? Schnitzel statt Schnitzler! Wolltest du witzig sein? Oder was sollte das mit dem veganen Kochen?

ESCORTDAME.

Ja, ich hab mich auch gewundert, aber er hat Schnitzel gesagt. Zumindest hat es sich sehr nach Schnitzel angehört. So wie der genuschelt hat, versteht ihn doch keiner!

REGISSEUR.

Ja, was glaubst du denn?! Dass es hier ums Panieren geht?! Hast du gedacht, er fragt dich nach einem Kochrezept?!

ESCORTDAME.

Ich hab geglaubt, er macht einen Witz. Vorher wurde ja auch irgendwie kulinarisch geredet.

REGISSEUR.

Das war eine Metapher! Weißt du, was das ist? Ich fasse es nicht!

ESCORTDAME *streng*.

Das reicht. So lasse ich nicht mit mir reden.

REGISSEUR.

Du hast ganze Arbeit geleistet. Der Schaden ist angerichtet. Das ist mein Untergang.

ESCORTDAME.

Du übertreibst.

REGISSEUR.

Du hast ja keine Ahnung. Weißt du, wer das war?

ESCORTDAME.

Nein, woher auch?

REGISSEUR.

Der Typ sitzt in jeder Jury. Der bestimmt alles! Ein Wort von ihm und du startest voll durch, kriegst alle Preise – oder bist mit einem Schlag weg vom Fenster! So wie ich jetzt. Herzlichen Dank nochmal. Kannst stolz drauf sein, mich vernichtet zu haben.

ESCORTDAME.

Wir beenden das jetzt.

REGISSEUR.

Bitte. Kannst gehen.

ESCORTDAME.

Dann krieg ich noch einen Stundentarif von dir.

REGISSEUR.

Was?! Ich hab dich doch für drei Stunden bezahlt! Und um mich zu ruinieren, hast' jetzt nicht mal eine halbe gebraucht.

ESCORTDAME.

Das ist für das, was vorhin war. So etwas ist in meinem Service nicht inkludiert und kostet extra.

REGISSEUR.

Bitte, bitte, ich will dir nichts schuldig bleiben. Aber sagen wir, es ist für etwas anderes: eine neue Kaffeemaschine –

ESCORTDAME.

Brauch ich nicht.

REGISSEUR.

Ein Flugticket nach Barcelona –

ESCORTDAME.

Da war ich schon. Und die Reparatur der Waschmaschine ist auch erledigt.

REGISSEUR.

Dann gerne für Windeln, den Babysitter oder die Kinderarztrechnung.
Er hält ihr seine Brieftasche hin.

ESCORTDAME *nimmt sie und steckt zwei Scheine in ihre Handtasche.*

Ich nehm nur das, was mir zusteht.

REGISSEUR.

Oder für Ivanas Onkel im Osten, der eine Spenderniere braucht. Der arme, verlassene Kerl darf nicht zu kurz kommen.

ESCORTDAME.

Wieso Osten? Es-tii-pii liegt doch westlich von Wien.

REGISSEUR.

Mach’s gut.

ESCORTDAME.

Tschüss.

Der Regisseur und die Therapeutin

Psychoanalytische Praxis. Vorhänge, welche das Zimmer halbdunkel machen. Ein weißer Schirmleuchter verbreitet dezentes Licht. Steriler Schreibtisch aus Glas, auf dem ein weißes Notebook steht, daneben eine Tasse mit Teebeutel, am vorderen Rand ein akkurater Stapel Papiere, beschwert mit einem Polizeiwagenmodell. Weißes Regal voll medizinischer Manuale. Rundes niedriges Beistelltischchen mit Wasserflasche, Gläsern und Taschentüchern. Schwarze Therapiecouch, auf der sich der Regisseur niedergelassen hat; am Kopfende in einem weißen Sessel die Therapeutin, auf ein Klemmbrett mit Blättern schreibend, den Blick durch die Brille in den Raum gerichtet.

REGISSEUR.

Es ist vorbei. Das war's. Meine Karriere ist komplett den Bach runter. Verstehen Sie? ... Und ich hatte es ihr doch gesagt!

THERAPEUTIN.

Sie hatten es gesagt.

REGISSEUR.

Am besten, sag ich, lächelst du nur und überlässt das Reden mir. Es ging mir allein um den Pärchenbonus. Und dann das!

THERAPEUTIN.

Das?

REGISSEUR.

Dann dieser verdammte Schnitzler.

THERAPEUTIN.

Schnitzler?

REGISSEUR.

Schnitzer! Ich meine: Schnitzer.

THERAPEUTIN.

Ah.

REGISSEUR.

Damit hat sie alles zerstört! Alles! Sie verstehen das nicht. Der Mann sitzt in jeder gottverdammten Jury. Ein Wort von ihm und ...

THERAPEUTIN.

Und ...

REGISSEUR.

Und du bist weg vom Fenster! I c h bin weg vom Fenster. Ich bin vernichtet!

THERAPEUTIN.

Lassen Sie uns mal sehen ...

REGISSEUR.

Was sehen? Was sehen? Sie hat mich vernichtet! Mit einem einzigen Schnitzer!

THERAPEUTIN.

Mhm. Vorhin sagten Sie: Schnitzler. Was verbinden Sie mit Schnitzler?

REGISSEUR.

Was ich verbinde ...? Lassen Sie mich mit Ihrem Freud in Frieden! Was verbinde ich mit Schnitzler! So eine Dummheit!

THERAPEUTIN.

Sie verbinden die Dummheit mit Schnitzler?

REGISSEUR.

Dummheit über Dummheit! Die Dummheit wird uns alle vernichten.

Die Dummheit einer Frau hat mich zu Fall gebracht. Die Dummheit einer dahergelaufenen ...

THERAPEUTIN.

Fühlen Sie sich von dieser Frau bedroht?

REGISSEUR.

Bedroht? Bedroht? Ich fühle mich von ihr zerstört!

THERAPEUTIN.

Zerstört?

REGISSEUR *richtet sich halb auf.*

Sie verstehen mich nicht. Ich fühle mich hintergangen!

THERAPEUTIN.

Sie sind wütend.

REGISSEUR *springt auf; wütend.*

Ich? Wütend? Wie kommen Sie denn darauf! Wütend. Ich rase! Ich drehe durch! Ich bin Otello! Ich bin Orest! Ich bin ein Orkan!

THERAPEUTIN.

Sie sprechen es aus wie: Organ.

REGISSEUR *tigert im Zimmer umher.*

Master in Literaturwissenschaft und Publizistik! Dass ich nicht lache! Summer classes und Improworkshops. Ausgebuffte Blufferin!

THERAPEUTIN.

Atmen Sie durch.

REGISSEUR.

Eine dahergelaufene Hure hat alles zerstört. Das Werk ganzer Jahre. Das Netzwerk!

THERAPEUTIN.

Atmen Sie ...

REGISSEUR.

Nein, es sind zwei! Es sind zwei! Sie und die Hure Fortuna!

THERAPEUTIN.

Nehmen Sie sich einen Moment. Und atmen Sie durch.

REGISSEUR *röchelt.*

Mir ist ... *Setzt sich auf die Couch.* Mir ist, als hätte ich einen Frosch im Hals.

THERAPEUTIN.

Was verbinden Sie mit Fröschen?

REGISSEUR *weiterhin röchelnd.*

Was verbinde ich mit Fröschen? Ich verbinde mit ihnen Wasser! Geben Sie mir einen Schluck Wasser! Oh, die Dummheit!

Die Therapeutin steht auf, geht zum Beistelltischchen. Er sieht ihr nach. Sie wendet sich nach ihm um; er schaut in die Luft. – Sie beugt sich zur Wasserflasche und schenkt ihm ein Glas ein, während er sie wieder beobachtet. Dann bringt sie ihm das Glas Wasser und gibt es ihm in die Hand. Ihre Finger berühren sich. Er trinkt.

THERAPEUTIN.

Und jetzt legen Sie sich wieder hin.

REGISSEUR.

Nur wenn Sie sich dazu ... *Hustet.*

THERAPEUTIN.

Sie haben mir versprochen, brav zu sein.

REGISSEUR *legt sich hin und streckt sich aus.*

Oh, ich werde brav sein! Und wie ich brav sein werde!

THERAPEUTIN *nimmt wieder ihr Schreibzeug und lässt sich in den Sessel sinken.*

Was verbinden Sie mit ...

REGISSEUR *bekommt im rechten Moment einen neuerlichen Hustenanfall.*
Man erstickt in diesem Zimmer.

Die Therapeutin steht auf, geht durchs Zimmer, zieht die Vorhänge leicht beiseite und öffnet ein Fenster; er hat ihr nachgeschaut, sie merkt es und lächelt ihm zu, während sie zum Sessel zurückgeht.

REGISSEUR *für sich.*
Der Gang ... Die Bühnenquerung ... Die Mise en Scène ist perfekt.

THERAPEUTIN.
Wie?

REGISSEUR.
Komm, setz dich zu mir.

THERAPEUTIN *kommt ihm näher.*
Hören Sie, das geht nicht.

REGISSEUR *hustet mitleiderregend; flüstert.*
Setzen Sie sich hierher.

THERAPEUTIN *setzt sich auf den Rand der Couch.*
Nur für zwei Minuten. Bis Sie wieder okay sind.

REGISSEUR.
Natürlich, für zwei Minuten. *Flüstert noch leiser.* Setz dich näher.

THERAPEUTIN *rückt etwas näher.*
Nur um Sie besser zu hören ...

REGISSEUR *plötzlich im Vollbesitz seiner Regisseursstimme.*
Du. Du ... Du bist ... Nimm doch die blöde Brille jetzt ab.

THERAPEUTIN *setzt die Brille ein wenig tiefer und sieht ihn darüber hinweg streng an.*

REGISSEUR *ihr die Brille abnehmend.*
Lass dich ansehn. Lass dich ...

THERAPEUTIN *fasst seine Hände, die sich zu verirren drohen; tut weiter sachlich.*

Lassen Sie u n s mal sehen. Diese Schauspielerin ... Haben Sie mit ihr auch ...?

REGISSEUR.

Wen kümmert's? Komm ...

THERAPEUTIN.

Es interessiert mich halt.

REGISSEUR *sucht sie zu sich herabzuziehen.*

Wen kümmert die Schauspielerin! Du. Du ... Du bist das, was ich seit langem gesucht hab!

THERAPEUTIN.

Haben Sie ihr das auch ...?

REGISSEUR *zieht sie immer näher an sich.*

Du bist so schön, du bist die Schönheit selbst. Oh ja, du bist ... Ich schwöre, ich sehe dich auf der Bühne! Kassandra, Kleopatra, Klytaimne... *Für sich.* Das nun lieber nicht.

THERAPEUTIN *ergreift indessen ihrerseits die Initiative; steigt auf die Couch; knöpft die Bluse auf.*

Kleopatra ... Was tu ich denn? Mit einem Patienten! Nein, das ist unmöglich!

REGISSEUR.

Komm! ... Kleopatra!

THERAPEUTIN.

Das ist hochgradig unprofessionell! ... Der Eid ... Der Kodex! ... Hippokrates! ...

REGISSEUR.

Hypokrites. Der Gott der Doppelmoral. Lass doch das aufgesetzte Getue!

THERAPEUTIN.

Schau, das ist bei Patienten ... nichts als eine Projektion ... Du begehrst mich, weil du projizierst ...

REGISSEUR.

Lass mich mit deiner Psychologie in Frieden. Wenn ich das haben will, lese ich Bücher.

THERAPEUTIN *unangenehm berührt.*

Ach ja?

REGISSEUR.

Ich will keine Bücher. Dich will ich. Dich ...

THERAPEUTIN.

Ich wünschte ja auch, ich wär nicht ... Aber das ist unmöglich! Das ist ganz unmöglich! ... Der Kodex kennt keine Gnade.

REGISSEUR *wild.*

Gnade ... Oh du!

THERAPEUTIN *kokett.*

Ich wünschte, ich wäre so eine! Eine flatterhafte Kreatur ... Der man alles durchgehen lässt ... Eine Darstellerin der eigenen Gefühle ...

REGISSEUR.

Oh du ... Darstellerin ... Ich könnte dich besetzten, ich könnte dich dermaßen besetzen! Hauptrollen. Doppelrollen. Was sag ich! Zehnfachrollen. Ein Monotheater, du ein ganzes Ensemble. Du könntest ein Star sein. Eine Diva ... Es wär ein Triumph ... Ein veritabler Triumph!

THERAPEUTIN.

Mich besetzen? Ich eine Diva?

REGISSEUR.

Dich besetzen ... Dich besitzen ...

- - - - - - - - - - - - - - - - - - - -

REGISSEUR.
So etwas ist mir noch nie ... Aber es kann ja passieren ...

THERAPEUTIN *knöpft die Bluse zu und setzt die Brille wieder auf; enttäuscht.*
Jaja.

REGISSEUR.
Kann nun einmal vorkommen ... Du als Psychologin wirst das ja am besten ...

THERAPEUTIN.
Natürlich.

REGISSEUR.
Es ist ja geradezu selbstverständlich, wenn man ... mit der eigenen Therapeutin ...

THERAPEUTIN.
Mhm.

REGISSEUR.
Die Projektion. Du bist ja sozusagen die Mutter ...

THERAPEUTIN *sich von ihm entfernend.*
Lass mich in Frieden mit der Psychologie.

REGISSEUR.
Das ist doch bestimmt sehr charakteristisch?

THERAPEUTIN.
Es gibt viele, die nicht ...

REGISSEUR.
Es gibt v i e l e ?

THERAPEUTIN *sachlich.*
Wir beenden das jetzt.

REGISSEUR.

Bei Lichte besehen, war das ja auch hochgradig unprofessionell ... Der Kodex ... Hippokrates ...

THERAPEUTIN.

Was du nicht sagst!

REGISSEUR.

Nein, nein. Ich bin ja selbst schuld. Alles rächt sich. Den ganzen Tag über bin ich schon wie verrückt.

THERAPEUTIN.

Offenbar nicht nach mir.

REGISSEUR.

Hör mal. Mach dich nicht lustig. Ich bin vernichtet. Mein Lebenswerk, meine Vitalität, meine Virilität ... Alles vernichtet von einer ...!

THERAPEUTIN *lacht.*

Von einer Frau. Du Armer! All die Manneskraft vernichtet vom Wort einer Frau.

REGISSEUR.

Siehst du, jetzt machst du dich doch lustig! Glaub mir, ich habe noch immer genug Manneskraft!

THERAPEUTIN.

Oho!

REGISSEUR.

Genug, um dir stanta pede ... vier Kinder zu machen. Ach was, vier Kinder! Vier Vierlinge! Ein ganzes Ensemble!

THERAPEUTIN *wieder weicher.*

Du redest wie ein Idiot.

REGISSEUR *drückt sie an sich.*

Und dann werden wir heiraten. Wir werden heiraten, und dann mache ich dir noch mehr …

THERAPEUTIN.
Das ist so märchenhaft blöd.

REGISSEUR.
Märchenhaft! Ganz in Weiß, eine Kutsche vom Standesamt bis zur Kirche …

THERAPEUTIN.
Ich bin verheiratet!

REGISSEUR.
Vom Standesamt zur Feier, alles mit Blumen geschmückt, Kellner, Sekt, Häppchen, Jazzband, zweihundert Gäste … *Für sich.* Vertreter der wichtigsten Jurys …

THERAPEUTIN.
Du bist verrückt.

REGISSEUR *versucht, sie zu küssen.*
Nach dir. Nach dir!

THERAPEUTIN *wendet den Kopf zur Seite; nimmt die Brille ab.*
Man hat's gesehn.

REGISSEUR.
Ein unbedeutendes Zwischenspiel, nichts weiter.

THERAPEUTIN.
Hört, hört!

REGISSEUR.
Ein retardierendes Moment. Der Höhepunkt kommt erst.

THERAPEUTIN.
Mach's nicht so dramatisch!

REGISSEUR *reißt ihre Bluse auf.*

Ich mach's dir, wie du willst! Du ... Ich mach's dir psychologisch! ... Ich will ... Ich will dir eine Katharsis machen, dass dem Freud seine Zigarre abfällt vor Neid!

- - - - - - - - - - - - - - - - - - - -

REGISSEUR.
Ah ... Du hast die Rolle.

THERAPEUTIN.
Welche Rolle?

REGISSEUR.
Egal. Ein Triumph ... Ein veritabler Triumph!

THERAPEUTIN.
Wie?

REGISSEUR.
Ein Triumph der Vitalität! Der Virilität! Der erneuerten Schaffenskraft!

THERAPEUTIN.
Du Lieber ...

REGISSEUR.
Ich will rasch ins Theater. Ich will dem Direktor einen Vorschlag machen.

THERAPEUTIN.
So direkt?

REGISSEUR *sie erst überhörend.*
Ich will einen Schni... Oh. Du. Du bist so schön. Habe ich dir's schon gesagt? Du bist die Schönheit selbst.

THERAPEUTIN.
Das ist lieb.

REGISSEUR.

Du bist das, was ich immer gesucht hab.

THERAPEUTIN *küsst ihn.*

REGISSEUR *wieder im Regisseurston.*
Dreh dich mal ins Profil. Das Profil steht dir besser.

THERAPEUTIN.
Ach ja?

REGISSEUR *zieht ihr die Brille an.*
Ich will rasch los, ich will gleich ins ...

THERAPEUTIN.
Aber wir haben noch ... gar keinen neuen Termin!

REGISSEUR.
Termin? Danke, mir geht's wieder gut!

THERAPEUTIN.
Na ...

REGISSEUR.
Ach, natürlich! So eine Dummheit. Wann?

THERAPEUTIN.
Morgen Abend?

REGISSEUR *hastig seine Kleidung richtend.*
Was sagst du denn deinem Mann?

THERAPEUTIN.
Na, im Theater werd ich halt sein.

REGISSEUR.
Und glaubt er das?

THERAPEUTIN.

Warum soll er's mir denn nicht glauben? Ich geh ja oft ins Theater. Erst am Sonntag war ich mit den Mädels ...

REGISSEUR.

Ausgezeichnet. Oft ist ausgezeichnet. Dann also bis morgen Abend, du ... du Kleopatra!

THERAPEUTIN.

Verrückter! Bis morgen!

REGISSEUR *im Hinausgehen.*

Ich will direkt ins Theater. Ich will einen Schnitzer machen, wie ihn die Welt nicht gesehn hat.

Die Therapeutin und der Polizist

Die Küche des Ehepaares. Es ist früher Morgen. Die Therapeutin sitzt im Seidenmantel auf einem Barhocker, trinkt eine Tasse Tee und blättert in einer Zeitschrift. Der Polizist hantiert mit der Kaffeemaschine, untersucht einzelne Teile, schlägt dagegen.

THERAPEUTIN *in ihre Tasse.*
Have you tried turning it off and on again?

POLIZIST.
Sehr witzig.

Er versucht, einzelne ausgebaute Teile wieder einzubauen, flucht etwas leiser. Schließlich zieht er mit einer schnellen Handbewegung den Stecker und setzt ihn sofort wieder ein.

THERAPEUTIN, *ohne aufzusehen.*
Sag ich doch, Schatz.

POLIZIST.
Hmm.

THERAPEUTIN.
Was steht bei dir heute so an?

POLIZIST *seufzt, nimmt sich seinen Kaffee.*
Anstrengend wird's. Muss wahrscheinlich mal wieder a Machtwort sprechn. D' Burschen von der Streife stacheln sich nur gegenseitig an mit depperten Ideen und Gschisdigschasdi. Wenn des so weitergeht, müssen wir die Teams komplett umstelln. Da krieg i echt an Hois.

THERAPEUTIN.
Hast du schon mit ihnen gesprochen?

POLIZIST.

Freilich.

THERAPEUTIN.

Sehen Herbert und Georg das auch so?

POLIZIST.

Sicher. *Er nimmt einen Schluck, schüttet sich dabei etwas Kaffee über die Hand.* Scheiße!

THERAPEUTIN *schaut zum ersten Mal auf, steht auf, nimmt seine Hand.*

Lass mal sehen.

POLIZIST.

Geh, lass mich.

THERAPEUTIN.

Oh je, Schatz, das müssen wir kühlen. Komm her. *Sie geleitet ihn zur Spüle, lässt kaltes Wasser über die Hand laufen, hält sie dabei fest.*

POLIZIST *versöhnlich.*

Geht schon wieder. *Er küsst sie auf die Stirn, streicht mit der anderen Hand an ihrem Morgenmantel entlang.* Baby.

THERAPEUTIN *lässt seine Hand los.*

So, das reicht langsam mit dem Kühlen.

POLIZIST.

Mmmh, mir is ganz haaß, Baby.

THERAPEUTIN *lacht.*

Jaja! Ich muss jetzt mal duschen gehen.

POLIZIST.

Mmmh, des lohnt sich danach doch viel mehr.

Sie küssen einander. Ein Handy klingelt. Die Therapeutin greift danach, der Polizist hält sie noch an der Hüfte fest.

THERAPEUTIN.

Ah, Ulrike schreibt wegen heute Abend.

POLIZIST.

Was?

THERAPEUTIN.

Na, ich wollte doch mit den Mädels ins Theater und was trinken gehen.

POLIZIST.

So?

THERAPEUTIN.

Ja, Betty ist gerade auch in Wien.

POLIZIST.

Betty is grad auch in Wien?

THERAPEUTIN.

Ja. *Sie versucht sich aus seinem Griff zu winden.*

POLIZIST.

So so, d' Betty. *Er knabbert an ihrem Ohr.* Des is mir eine. Kommt kurz in d' Stadt vorbei und glaubt, sie kann mir mei Frau klaun.

THERAPEUTIN *lacht.*

Ja, nimm dich in Acht.

POLIZIST.

Wenn i di so anschau da am frühen Morgn, kann i ihr des auch net verübeln.

THERAPEUTIN.

Ich weiß nicht, wahrscheinlich wird es dann auch etwas später am Abend.

POLIZIST *lässt sie abrupt los.*

Du waaßt schon, wie des klingt.

THERAPEUTIN *grinst.*

POLIZIST.

Naa, ernsthaft. Schau di mal an. Kaum is' in da Stadt, schon springst'. Als ob sie dasselbe für di tun tät.

THERAPEUTIN *zu sich.*

Das gleiche.

POLIZIST.

Was?

THERAPEUTIN.

Ich denke schon, dass sie sich genauso freut, mich zu sehen.

POLIZIST.

Ah jo? Merkst' was? *Er stellt die Kaffeetasse so abrupt ab, dass sie von der Anrichte zu fallen droht.*

THERAPEUTIN *ruhig.*

Schatz, jetzt meldet sich wieder dein Schattenkind. Du hast gerade gar kein Problem mit mir oder mit Betty –

POLIZIST.

Ah geh, hör auf mit dem Kindheitstraumascheiß!

THERAPEUTIN.

Meistens hilft es, sich einen kurzen Moment zu nehmen und tief durchzuatmen ...

POLIZIST.

Wenn i mir an kurzn Moment nimm, komm i immer sehr schnell aufn Gedanken, dass d' mi nur gheiratet hast, um mi zu therapiern.

THERAPEUTIN *schweigt.*

POLIZIST.

Baby, du musst aufhörn, mi repariern zu wolln. Da gibt's nix zum repariern. Mir gehts gut. Mei Leben ist perfekt. Bin Oberleutnant, große

Wohnung, scheene Frau ... *Er zieht sie wieder an sich.*

THERAPEUTIN *schmiegt sich an ihn.*
Tut mir leid.

POLIZIST.
Hmpf.

THERAPEUTIN.
Ja, du hast eh recht, das lässt sich nicht vergleichen.

POLIZIST.
Ja.

Sie küssen einander wieder lange.

THERAPEUTIN.
Aber Ulrike, deren Mann braucht dringend Hilfe.

POLIZIST.
Hmpf? *Er versucht, sie wieder zu küssen.*

THERAPEUTIN.
Aber sieht's nicht ein. Ich hab ihr schon so viele Leute empfohlen, aber das bringt ja alles nichts, wenn er nicht ...

POLIZIST *schiebt seine Hand zwischen ihre Beine.*

THERAPEUTIN.
Und ich als Freundin ... Ich hab das Gefühl, sie sieht es selbst nicht richtig ein. Ich werd vielleicht mal heute Abend –

POLIZIST.
Ja, heut. *Er lässt sie los, nimmt etwas Abstand ein.* Drüber müssn wir nochmal sprechn.

THERAPEUTIN.
Ok?

POLIZIST.

I hab eigentlich gedacht, wir machen uns mal wieder einen schönen Abend 'zweit, waaßt? Könntn den guten Roten von der Firmenfeier aufmachn, Essen bestelln –

THERAPEUTIN.

Hört sich voll schön an, aber ich bin ja schon länger verabredet.

POLIZIST.

Betty.

THERAPEUTIN.

Ja, das kann ich nicht einfach absagen. Aber vielleicht morgen?

POLIZIST.

Da hab i Bereitschaft. Außerdem bin i dei Mann, und du schiebst mi hinter wie ein oidn Zug aufs Abstellgleis – *theatralisch* – und da verrott i dann allein vor mi hin und keiner kommt mi besuchn –

THERAPEUTIN *lacht.*

Du Armer!

POLIZIST *wirkt schlagartig eiskalt, packt sie.*

Mach di net über mi lustig.

THERAPEUTIN.

Du tust mir weh! Spinnst Du? Das sind doch meine Freundinnen! Diese Eifersucht ist ja zum Kotzen!

Der Polizist lässt sie ruckartig los, stößt sie dabei mit einer solchen Wucht von sich, dass sie gegen den Kühlschrank knallt. Die Therapeutin richtet sich sofort wieder auf, macht einen forschen Schritt auf ihren Mann zu und gibt ihm eine Ohrfeige. Beide starren sich für einen Moment an. Dann packt er sie, beginnt sie wild zu küssen, die Kaffeetasse fällt von der Anrichte und zerbricht.

- - - - - - - - - - - - - - - - - -

POLIZIST.

Oh Baby, jetzt schaut der Tag schon viel besser aus.

THERAPEUTIN *schweigt.*

POLIZIST *fröhlich pfeifend.*

Die Burschen können si warm anziehn. *Er zieht sich die Jacke an.* Wir müssn einfach nur lernen, besser zu kommuniziern. *An der Tür.* Manchmal lieb i di so sehr, dass es wehtut. *Ab.*

Die Therapeutin bleibt allein zurück, der Seidenmantel hängt zerrissen von ihren Schultern. Sie richtet sich langsam auf, es ist offensichtlich, dass sie Schmerzen hat. Sie begutachtet ihren Körper wie erstarrt. Dann wickelt sie den zerrissenen Seidenmantel um sich und geht ins Bad.

Der Polizist und die Journalistin

Nordbahnviertel. Nacht. Knapp außerhalb des Lichtkegels einer Straßenlaterne parkt ein Polizeiauto. Der Polizist sitzt auf der Rückbank und wartet, wippt dabei unruhig mit dem rechten Bein. Die Journalistin nähert sich, wirft einen Blick ins Auto, hebt grüßend die Hand, steigt hinten ein. Im Radio läuft „Every breath you take" von The Police.

JOURNALISTIN.
Das ist aber nicht die Baustelle, die du mir versprochen hast.

POLIZIST *in starkem Wienerisch.*
Du, de woatn grad auf's Entschärfungskommando. Des kann no a Zeitl dauern, bis' da san ...

JOURNALISTIN *zückt Block und Bleistift.*
Na dann, erzähl mal. Von Anfang an.

POLIZIST *rückt näher an sie heran.*
I hab 'dacht, mia kenntn ... weil ma eh woatn miaßn, vastehst'?

JOURNALISTIN.
Fliegerbombe hast du am Handy gesagt, nicht? Müssten sie da nicht die ganze Umgebung evakuieren? Für alle Fälle?

POLIZIST *legt eine Hand auf ihren Oberschenkel.*
Auf olle Fäll schaust' heit wieder richtig ... professionell aus mit dem Mantel. Magst'n net ausziahn? I hab extra die Heizung laufen lassen.

JOURNALISTIN *schiebt seine Hand sanft weg, öffnet aber den Mantel.*
Ich habe eigentlich nur ein paar Minuten. Bin nur da, weil meine Story über randalierende Biber auf der Donauinsel im Sand verlaufen ist und ich jetzt dringend ein Ersatzthema brauche. Da kommt mir diese Bombe gerade recht. *Er hilft ihr aus dem Mantel.* Magst du nicht doch

ein bisschen näher ranfahren? Damit ich ein paar Fotos machen kann und die Atmosphäre einfangen …

POLIZIST.

I kann da a Kerzn anzündn, wann's atmosphärisch habn willst.

JOURNALISTIN *lacht.*

Geh, hör auf! Ich dachte, du hättest dich mit deiner Frau wieder ausgesöhnt.

POLIZIST.

Ach geh, de treibt sich grad mit eana Freindinnen wer waaß wo umadum. Da denkt's aa net an mi.

JOURNALISTIN.

Ums Denken geht's ja nicht …

POLIZIST *streicht ihr ein paar Haarsträhnen aus dem Gesicht.*

Du hast immer scho z'vüh nachdacht, Emma. Seit i di kenn, denkst' dauernd nach. Ab und zu tut's aa guat, des Teil da ausz'schalten. *Er tippt ihr unsanft an die Stirn.*

JOURNALISTIN *greift sich kurz an die Stirn.*

Berufskrankheit.

POLIZIST *zwingt sie, ihn anzuschauen, indem er sie am Kinn ergreift.*

Mit de Augerln von dir muaßt gar net so kopfert sein, damitst' kriagst, was d' willst.

JOURNALISTIN *entzieht sich ihm.*

Am Bekomplimentieren musst du noch feilen.

POLIZIST *lacht.*

Ach geh, kennst mi ja scho lang g'nug.

JOURNALISTIN *seufzt.*

Wenn die von der Entschärfung da sind, fahren wir also näher ran?

Der Polizist küsst die Journalistin auf den Hals. Sie weicht kurz zurück, lässt sich dann darauf ein. Seine Hand verschwindet unter ihrer Bluse.

POLIZIST.

Jawohl!

- - - - - - - - - - - - - - - - - - - -

POLIZIST *zündet sich eine Zigarette an und öffnet das Autofenster.*

Schau, du vastehst des net. Die Marie und i habm des von Anfang an so gmacht, unser Beziehung is halt eher offen.

JOURNALISTIN *knöpft ihre Bluse zu.*

Ich meine ja nur ... mir kommt's halt nicht so vor, als wäre ihr das so ganz klar. Als ich sie letztens auf der Mariahilfer Straße getroffen habe –

POLIZIST.

Aber sicher is ihr des kloa. Is ja net umasunst Deppendoktor wordn.

JOURNALISTIN.

Ein bisschen ernster solltest du ihre Tätigkeit schon nehmen. Sie ist richtig gut in dem, was sie macht. Ich kenne ein paar Leute, denen sie sehr geholfen hat.

POLIZIST *winkt ab und schnippt den Zigarettenstummel auf die Straße.*

Im Reden is' ganz super, ja. Des will i goa net abstreitn. Aber bei andern Sachn happert's halt dann scho a bissl, vastehst'. *Er klopft ihr auf den Oberschenkel.*

JOURNALISTIN.

Solltest du nicht endlich mal nachschauen, was die auf der Baustelle eigentlich machen? Nicht, dass wir das Ganze dann auch noch verpassen. Vielleicht ist der Entminungsdienst längst da.

POLIZIST *grinst.*

Du denkst scho wieder, Emma. Und redn tuast inzwischen aa so gstelzt.

JOURNALISTIN.

Ich bin ja eigentlich zum Arbeiten da.

POLIZIST *grinst breiter.*

Hast' ja eh grad g'oaweit. Du freist di halt doch aa immer a bissl, daß d' mi siehst. Des kannst' net mehr abstreiten. 'S gibt halt Sachn, de da dei Freindin net bieten kann, gell?

JOURNALISTIN.

Partnerin.

POLIZIST.

Was?

JOURNALISTIN.

„Wie bitte!“

POLIZIST.

Äähhh?

JOURNALISTIN *nachdrücklich.*

Partnerin, habe ich gesagt. Wir sind ja doch schon seit sieben Jahren fix zusammen ... Fahren wir dann endlich?

POLIZIST.

Ja, ja ... heast, stress net umadum.

Der Polizist steigt aus und vorne auf der Fahrerseite wieder ein. Die Journalistin macht dasselbe, während sie in ihren Mantel schlüpft. Sie schnallt sich an, er nicht.

JOURNALISTIN *fröstelt.*

Kalt ist es irgendwie heute.

Der Polizist reagiert nicht, startet das Auto und parkt aus. Ein paar Minuten verstreichen.

POLIZIST.

I mein' ja nur. Fragst' di net manchmal, was gwesen warat, wann ma damals nach da Matura z'ammblieben wärn? *Er schaut sie an.*

JOURNALISTIN *weicht seinem Blick aus und greift sich unbewusst an den Hals.*

Machst du das mit ihr eigentlich auch?

POLIZIST *schaut sie fragend an, schweigt.*

JOURNALISTIN.

Das, was du mit mir gemacht hast, damals.

POLIZIST *grinst.*

I mach so einiges mit –

JOURNALISTIN.

Du weißt ganz genau, was ich meine.

POLIZIST.

Geh, Emma, des is ja ewig her! A bissl empfindlich seid's es Weibsbilder scho manchmal. A wengerl Leidenschaft muaß ja wohl dabei sein, sunst macht da ganze Beziehungsschmarrn ja gar kaan Sinn, net.

Die Journalistin schweigt, blickt auf ihrer Seite aus dem Fenster und reibt sich den linken Arm. Schließlich zückt sie Notizbuch und Stift, wendet sich dem Polizisten wieder zu.

JOURNALISTIN.

Wieso schicken sie eigentlich gerade dich zu so einem Einsatz? Du bist doch inzwischen eher für die Kommunikation zuständig.

POLIZIST.

Ach, du waaßt eh, wie de Pressefuzzis meistens san. I hab letztens a Interview gebn, nachdem uns ana von de Klimapicker im Auto kollabiert is, wegn da Hitz, vastehst' ... und da hab i, weil's uns glei an Strick draus drahn wolltn, aan von denen gach grob angschnauzt. Drum habm's mi für a Wochn zum Streifendienst einteilt. *Sie schnaubt ungläubig belustigt.* Was is'n jetzat scho wieder?

JOURNALISTIN.

Ich hätte nicht gedacht, dass gerade dir das passiert. Ansonsten fressen dir doch alle aus der Hand.

POLIZIST.

Geh, Gusch!

Sie bleiben bei einer Baustellenabsperrung stehen. Im Hintergrund befindet sich eine Werbewand mit einem Polizeiplakat. Darauf abgebildet ist das Gesicht des Polizisten mit dem Spruch „Für dich da, wenn's brenzlig wird". Die beiden steigen aus dem Auto, werfen einen Blick auf das Plakat, gehen dann in Richtung Baustelle.

POLIZIST *nervös.*

Vielleicht sollt ma doch wieder a Stückl zruckfahrn. Wenn de no schoaf is ...

JOURNALISTIN *zückt ihre Kamera, fotografiert.*

Ach was, da passiert schon nichts. Komm, gehen wir noch ein bisschen näher ran, damit ich die Bombe aufnehmen kann.

Der Polizist tritt von einem Fuß auf den anderen, während sie in die Baugrube schauen. Ein Entminungsdienstmitarbeiter steigt in den Trichter, hebt seine Schaufel.

JOURNALISTIN *spricht den Polizisten in Moderatorentonfall an.*

Herr Polizeipressesprecher, Sie haben also hier mitten im Nordbahnviertel eine Bombe gefunden?

Die Journalistin und die Skilehrerin

Ein Schlafzimmer in der Mansarde. Es ist halb elf Uhr nachts. Die Journalistin liegt im Bett und scrollt auf ihrem Handy. Die Skilehrerin betritt im Jogginganzug das Zimmer.

JOURNALISTIN, *ohne den Blick vom Smartphone zu wenden.*
Hast du noch die Abendnachrichten geschaut?

SKILEHRERIN.
Ja, gerade noch so, aber ...

JOURNALISTIN.
Ja?

SKILEHRERIN.
Auf dem Sofa habe ich mich plötzlich so allein gefühlt, da wollte ich lieber zu dir herüberkommen.

JOURNALISTIN *hört auf zu scrollen und schaut auf.*
Und ...?

SKILEHRERIN *setzt sich zu ihr auf's Bett.*
Magst' nicht das Handy weglegen?

JOURNALISTIN *legt das Handy auf's Nachtkasterl.*
Was hast' denn heut?

SKILEHRERIN.
Nichts, Liebes, in die Augen schauen will ich dir halt wieder einmal.

JOURNALISTIN.
Liebes hast' mich schon lang nimmer genannt.

SKILEHRERIN.
Ich kann dich ja nicht immer so verwöhnen mit den Kosenamen.

JOURNALISTIN.

Warum eigentlich nicht?

SKILEHRERIN.

Weil es dann doch was Alltägliches wird, das Zärtliche so gewöhnlich, wie sag ich's, ich will dir ja immer wieder zeigen, dass du was Besonderes bist für mich.

JOURNALISTIN.

Ach, geh!

SKILEHRERIN.

Doch, wirklich. Das ist wie mit einer guten Abfahrt. Wenn immer frisches Pulver wäre, bräuchten wir ja keine Schneekanonen, dass es läuft, aber langweilig wär's auch bald.

JOURNALISTIN.

Das versteh ich jetzt nicht ...

SKILEHRERIN.

Na, wie oft sind wir denn schon zusammen Ski gefahren diesen Winter?

JOURNALISTIN.

Naja, nicht sehr oft bei den Bedingungen.

SKILEHRERIN.

Aber wären wir jedes Wochenende gefahren, wäre es ja auch nichts gewesen. Wir wären vielleicht in einen Schneerausch geraten und hätten ein wenig mehr Farbe im Gesicht bekommen oder nur einen ordentlichen Sonnenbrand und keine Energie mehr für unsere anderen Aufgaben.

JOURNALISTIN.

Ja, das ist schon wahr.

SKILEHRERIN.

Und ich hatte schon Angst am Anfang, dass wir nur so am Wochenende ab und zu. Und du mich so als Ablenkung sähst und am Ende der Saison war's das dann.

JOURNALISTIN.

Ich auch, ehrlich gesagt.

SKILEHRERIN.

Siehst', deswegen ist es gut, dass wir nicht immer aufeinander picken und alles miteinander teilen.

JOURNALISTIN.

Ich muss halt immer alles wissen, das ist so vom Beruf her.

SKILEHRERIN.

Aber du verstehst schon, was ich mein', oder? Wenn wir dann wieder mal ein Wochenende auf einer Hütte übernachten …

JOURNALISTIN.

Und am Abend noch ein bisserl in die Sauna.

SKILEHRERIN.

Genau.

JOURNALISTIN.

Jetzt ist mir aber auch schon … fast wie in der Sauna.

SKILEHRERIN *streichelt ihr zärtlich über die Wange.*

Du glühst ordentlich.

JOURNALISTIN.

Vielleicht habe ich gar Fieber.

SKILEHRERIN *summt Fever von Peggy Lee.*

JOURNALISTIN.

So bist du mir also heut aufgelegt.

SKILEHRERIN *näher rückend.*

Auch für eine Frau, die so viel in der Natur ist, wie ich – komm doch her zu mir – und nichts gegen das Alleinsein hat, ist es schön, irgendwo heimzukommen. Ich muss nicht so wie du andauernd mit Leuten reden und irgendwas berichten oder wissen wollen, ich spür da in mich rein und mein Körper zeigt mir dann halt auch so manches, das haben ja nicht nur die Männer. Aber bei uns hab ich schon das Gefühl, dass das Liebe –

JOURNALISTIN.

Ach, Liebe!

SKILEHRERIN.

Naja, das haben dir sicher schon genug gesagt, aber ich mein', wir sind jetzt doch schon ein bisschen reifer, da hat das Wort eine andere Bedeutung. Aber dir brauche ich das ja nicht erklären, du kennst dich da besser aus. Ich mach mir aber auch so meine Gedanken, weil im Sport geht's ja immer um die Leistung. Und ich glaube, Liebe darf nicht so eine Leistung sein, sondern sollte eher so ein Gefühl bleiben. Das haben die anderen nie so ganz kapiert.

JOURNALISTIN.

Andere Männer oder Frauen?

SKILEHRERIN *spielt mit ihren Haaren.*

Das ist ja nun leider egal. Du weißt ja, dass ich über diese Dinge nicht gerne spreche. Es ging manchmal sehr rau zu in den Diskotheken am Land. Jetzt nennen sie es Aprés-Ski, aber besser ist es dadurch nicht geworden. Als Frau ist man immer das Haserl und wenn zwei Frauen sich finden, na, dann werden sie gleich zu einem Dreier geladen, das weißt du genauso gut wie ich.

JOURNALISTIN.

Und am Abend noch ein bisserl in die Sauna.

SKILEHRERIN *abwehrend.*

Ja, neugierig waren wir natürlich und dann der Schnaps dazu. Das war nicht so schick wie bei euch in der Stadt. Bei euch gab es halt Alkopops, bei uns gab es den Selbstgebrannten von der Verwandtschaft. Da wurde nichts gemischt.

JOURNALISTIN.

Wie du das überhaupt ausgehalten hast ...

SKILEHRERIN.

Ja, das frage ich mich auch manchmal. Aber ich war ja nicht immer so. Später bin ich dann die gewesen, die mit dem Auto gefahren ist. Da war ich schon vernünftiger.

JOURNALISTIN.

Da hast du nichts mehr getrunken?

SKILEHRERIN.

Na, so würd ich das jetzt auch nicht sagen, aber weniger. Ich bin immer ganz langsam gefahren, es war ja nicht weit. Nur zu Fuß war es stockfinster, da musstest' schon aufpassen, dass du nicht in einem Graben hängen bleibst.

JOURNALISTIN *legt ihren Kopf auf ihre Brust.*

Mit dir im Graben stell ich's mir ganz aufregend vor.

SKILEHRERIN *ungehalten.*

Du glaubst wohl nicht, dass es da romantisch wäre, zwischen dem ganzen Kuhmist und neben der Straße. Das ist nichts für dich, überhaupt mit deinem Schuhwerk, das du immer anhast. Da kämst gar nicht mehr raus und ich müsst dich retten.

JOURNALISTIN.

Also doch ein bisserl romantisch.

SKILEHRERIN.

Du willst doch jetzt nicht behaupten, dass du Rettung brauchst von mir.

JOURNALISTIN.

Manchmal hätte ich halt gern …

SKILEHRERIN.

Was?

JOURNALISTIN.

Wenn wir draußen sind, bist' nicht so gschamig. Aber z'haus bist fast schüchtern. Du kannst doch ganz sein, wie du bist, vor mir, du musst dich nicht verstellen.

SKILEHRERIN.

Wenn ich das immer wüsste, wie ich bin. Andere Menschen sind mir nicht so nah wie du, Emma, weißt'.

JOURNALISTIN.

Du warst auch einmal ein Haserl, hast vorhin gesagt.

SKILEHRERIN.

Das war eher so generell gemeint.

JOURNALISTIN.

Mhm. Du warst also nie in eine ménage à trois verwickelt?

SKILEHRERIN.

Wieso fragst du das jetzt?

JOURNALISTIN *leckt sich anzüglich über die Lippen.*

Ich tät schon mitmachen, wenn wir zusammen …

SKILEHRERIN.

Emma!

JOURNALISTIN.

Also mit einer Frau, einen Typen brauch ich nicht.

SKILEHRERIN.
Willst du eine andere als mich?

JOURNALISTIN.
Zuschauen tät mir schon reichen …

SKILEHRERIN *unsicher.*
Und da wärst nicht eifersüchtig?

JOURNALISTIN.
Ah, warum denn!

SKILEHRERIN.
Ja, wenn wir dann so richtig …

JOURNALISTIN.
Ja …

SKILEHRERIN *leicht beunruhigt.*
Also mich würd das schon stören.

JOURNALISTIN.
Ich hatsch dir schon nicht mit einer Frau aus, keine Sorge. Ich wollt nur wissen, ob das eine Option wär. Es gibt ja viele Möglichkeiten heutzutage.

SKILEHRERIN *ernst.*
Willst du eine offene Beziehung?

JOURNALISTIN.
Nein, ich interessier mich nur.

SKILEHRERIN.
Weil du gerade dazu recherchierst?

JOURNALISTIN.
Nein, einfach so.

SKILEHRERIN.
Weil eine deiner Freundinnen eine offene Beziehung hat?

JOURNALISTIN.

Ich glaub nicht, dass die wirklich offen sind.

SKILEHRERIN.

Was soll das jetzt wieder heißen?

JOURNALISTIN.

Ich glaube, die reden da nicht so darüber, die machen einfach.

SKILEHRERIN.

Du meinst, die bescheißen?

JOURNALISTIN.

Du, ich kenn mich da wirklich nicht aus, das geht mich auch gar nichts an.

SKILEHRERIN.

Ich will da in nichts reingezogen werden.

JOURNALISTIN.

Hab ich irgendwas gesagt? Ach, Karla, vergiss das wieder.

SKILEHRERIN.

Das kann man nicht so einfach vergessen.

JOURNALISTIN.

Doch, tu einfach so, als wären es Fake-News.

SKILEHRERIN.

Du scherzt.

JOURNALISTIN.

Ich bitt dich.

SKILEHRERIN.

Gerade in dieser Zeit, in der das Bekenntnis zu einer Beziehung offenbar abnimmt, finde ich es doch wichtig, zu schützen, was wir haben.

JOURNALISTIN.

Warum?

SKILEHRERIN.
Fängst du jetzt schon wieder an? Was willst du denn von mir hören? Ist dir die Sicherheit unserer Beziehung gar nichts wert?

JOURNALISTIN.
Doch, natürlich.

SKILEHRERIN.
Na, eben. Das sind auch Werte.

JOURNALISTIN.
Konservative.

SKILEHRERIN.
Wieso denn konservativ? Sind wir dir nicht mehr modern genug?

JOURNALISTIN.
Das mein' ich nicht. Es geht um die Grundstruktur. Wie die Gesellschaft Beziehungen ... Wir bewegen uns da doch in einer Norm, das Geschlecht ist letztendlich egal. Wir sind einfach ein normales Paar.

SKILEHRERIN.
Aus deinem Mund klingt das wie eine Beleidigung.

JOURNALISTIN.
Ich denk nur so nach.

SKILEHRERIN.
Wenn es beim Nachdenken bleibt, ist es ja gut.

JOURNALISTIN.
Also keine ménage à trois?

SKILEHRERIN.
Nein, Emma. Die Zeiten sind vorbei.

JOURNALISTIN.

Und du hast auch keinen Kontakt mehr zu einer von den früheren?

SKILEHRERIN.
Zweifelst du etwa?

JOURNALISTIN.
Na, ich bin halt nicht so in der Sport-Community.

SKILEHRERIN.
Weißt', früher, als ich noch Wettbewerbe gefahren bin, hatte ich schon Fans, die auf mich gewartet hätten, aber jetzt ...

JOURNALISTIN.
Karla?

SKILEHRERIN.
Wirklich nicht.

JOURNALISTIN.
Keine Verflossenen?

SKILEHRERIN.
Lawinenabgang.

JOURNALISTIN.
Im Ernst?

SKILEHRERIN.
Ich will nicht weiter darüber reden.

JOURNALISTIN.
Warst du dabei?

SKILEHRERIN.
Bitte jetzt kein Interview!

JOURNALISTIN.
Ich muss das doch wissen, gegen wen ich da antrete.

SKILEHRERIN.

Gegen niemanden trittst du an. Das ist lange her.

JOURNALISTIN.

Ach, Karla!

SKILEHRERIN.

Kann ich dich jetzt bitte endlich ... Deine Wangen sind ja ganz nass, ist das jetzt das Fieber oder das Gefühl?

JOURNALISTIN.

Karla ...

SKILEHRERIN.

Lass mich das ganz genau erspüren, das sind ja nicht nur die Wangen, die da so ... *Sie löscht das Licht aus.*

- - - - - - - - - - - - - - - - - - - -

JOURNALISTIN.

Weißt', woran ich heute denken muss?

SKILEHRERIN.

Woran, meine Liebste?

JOURNALISTIN.

An Kitzbühel.

SKILEHRERIN.

Unsere erste Begegnung.

JOURNALISTIN.

Ich konnte noch gar nicht ordentlich auf den Skiern stehen.

SKILEHRERIN.

Wie ich dich in die Unterkunft gebracht hab.

JOURNALISTIN.

Ja. So ...

SKILEHRERIN.

So?

JOURNALISTIN.

So verwöhnt hast' mich heut.

SKILEHRERIN.

Verwöhnen! Die Liebe ist das.

JOURNALISTIN.

Ach, Liebe.

SKILEHRERIN *in ihren Armen.*

Allerdings.

JOURNALISTIN.

Meine kokette Karla!

SKILEHRERIN.

Wieso eigentlich, ach ...?

JOURNALISTIN.

Ja, weil Liebe so als Wort ...

SKILEHRERIN.

Das muss doch auch gesagt werden.

JOURNALISTIN.

So richtig sagen tust du es aber selten.

SKILEHRERIN.

Das ist doch auch nur für besondere Gelegenheiten, so wie heute. Das nutzt sich ja ab, wenn man es zu oft sagt. Das ist wie mit den Wortwiederholungen in deinen Artikeln, da muss man aufpassen. Außerdem muss ja nicht immer alles ausgesprochen werden, oder? Aber wenn wir so zusammen an unsere erste Begegnung denken, da wird einem schon ein wenig weich in den Knien, nicht?

JOURNALISTIN.

Freilich.

SKILEHRERIN.

Gute Nacht, mein Herz.

JOURNALISTIN.

Gute Nacht.

Die Skilehrerin und der Schönheitschirurg

Haustür, nicht weit davon die Tür zu einem weiteren Zimmer. Hinter einer spanischen Wand ein Tisch, an dem Gäste des Schönheitschirurgen gerade zu Abend essen. Es läutet. Der Schönheitschirurg öffnet. Die Skilehrerin erscheint.

SCHÖNHEITSCHIRURG.
Endlich!

Sie küssen einander sehr gierig. Der Kuss hört nicht auf. Der Schönheitschirurg zieht die Skilehrerin, die sich willig führen lässt, in einen Nebenraum – sein Schlafzimmer.

GAST 1.
Kommt der Ebi gar nicht mehr? Es hat doch geläutet!

GAST 2.
Vielleicht ein anderer Gast.

GAST 3.
Dann wär er doch schon wieder da. Vielleicht war's bloß ein Paket.

GAST 1.
Dann wäre er erst recht wieder hier!

Unzweideutige Geräusche dringen aus dem Schlafzimmer zu den Gästen herein.

GAST 2.
Na, offensichtlich war's kein Paket!

Ratloses, unheilvolles Schweigen.

GAST 3.
Schmeckt Ihnen die Kalbsbrust?

GAST 1.

Vor-züglich! *Kaut mit Mühe.*

GAST 2 *mit künstlicher Gelassenheit.*

Ich war im letzten Sommer mit meiner Frau in Graubünden. Eine Landschaft wie ein Aquarell. Waren Sie schon mal in Graubünden?

GAST 3 *lauter.*

Nein, aber die Trogtäler der westlichen Ostschweiz sind immer schön, ganz gleich zu welcher Jahreszeit.

GAST 1 *ebenfalls lauter.*

Dieser verregnete Sommer war anscheinend gar nicht gut für die Salaternte. Essen Sie viel Salat?

GAST 2.

Ach nein. Im Marchfeld wachsen die besten Salatköpfe. Waren Sie schon einmal im Marchfeld?

GAST 3.

Leider nicht. Zu grün darf der Salat jedenfalls nicht sein.

GAST 1 *ebenso laut wie verwundert.*

Kann Salat denn zu grün sein?

GAST 2 *schreit beinahe.*

Das ist ein Hinweis auf chemischen Dünger. Pestizide. Oder Schlimmeres!

Die Geräusche aus dem Schlafzimmer hören auf. Die Stimmung am Tisch entspannt sich.

Unterdessen im Schlafzimmer.

SKILEHRERIN.

Du solltest wirklich nach deine Freund' schaun.

SCHÖNHEITSCHIRURG.

Das sind keine Freund', das ist bloß die Döblinger Schickeria.

SKILEHRERIN.

Bloß weil du dich mal wieder nicht beherrschen kannst.

SCHÖNHEITSCHIRURG.

Das fällt mir in deiner Nähe immer schwer, das weißt du.

SKILEHRERIN.

Bist ein schlechter Gastgeber. *Will aufstehen.*

SCHÖNHEITSCHIRURG.

Was willst' denn schon gehen? Bleib doch noch ein bisserl liegen.

SKILEHRERIN.

Du hast Gäste!

SCHÖNHEITSCHIRURG.

Die Gäste sind mir herzlich wurscht.

SKILEHRERIN.

Na, du bist mir einer!

SCHÖNHEITSCHIRURG.

Geh, plauder halt noch etwas mit mir.

SKILEHRERIN.

Ist dafür nicht eher deine Frau zuständig?

SCHÖNHEITSCHIRURG.

Ach – du weißt ja nicht, wie es ist, bald zwanzig Jahre verheiratet zu sein. Eisiges Schweigen überm Nebelmeer.

SKILEHRERIN.

Aber ich muss jetzt auch gehen.

SCHÖNHEITSCHIRURG.

Möchtest du nicht wenigstens mit uns zu Abend essen?

SKILEHRERIN.

Mit der erlauchten G'söllschaft?

Ich bin doch gar nicht eingeladen! Und außerdem: Ein Mädel von der Alm bei den Großkopferten ...

SCHÖNHEITSCHIRURG.
So großkopfert sind die auch wieder nicht. Erzähl doch: Wie geht es dir zurzeit? Was treibst du so?

SKILEHRERIN.
Ich sollte gehen! Interessiert dich das wirklich?

SCHÖNHEITSCHIRURG.
Natürlich!

SKILEHRERIN.
Naja – wie man halt so lebt.

SCHÖNHEITSCHIRURG.
Bist du denn glücklich?

SKILEHRERIN.
Eine sonderbare Frage! Eigentlich hab ich nie so recht darüber nachgedacht. Du?

SCHÖNHEITSCHIRURG.
Nein, ich bin es nicht.

SKILEHRERIN.
Ja, warum denn nicht?

SCHÖNHEITSCHIRURG.
Weiß denn ich's? Die Einsamkeit vielleicht.

SKILEHRERIN.
Als verheirateter Mann!

SCHÖNHEITSCHIRURG.
Das ist doch ebenso wenig eine Garantie gegen die Einsamkeit wie wenn man eine Familie hätte.

SKILEHRERIN.

Sonderbare Ansichten hast du. Und drum – das mit uns?

SCHÖNHEITSCHIRURG.

Vermutlich ja.

SKILEHRERIN.

Sowas weiß man doch!

SCHÖNHEITSCHIRURG.

Ich empfinde eben was für dich.

SKILEHRERIN.

So!

SCHÖNHEITSCHIRURG.

Du nicht?

SKILEHRERIN.

Natürlich empfinde ich was für dich. Sonst läge ich nicht hier. Aber ich bin doch keine Frau, die eine Ehe auseinanderbricht!

SCHÖNHEITSCHIRURG.

Manchmal glaube ich, das wäre das Sinnvollste, was ich tun könnte.

SKILEHRERIN.

Ach, geh! Jetzt gehst' erst mal rein zu deine Gäst' und lässt dich ein wenig ablenken. Dann kommst' rasch auf andere Gedanken. Und ich verabschiede mich.

SCHÖNHEITSCHIRURG.

Gibt es eigentlich noch jemand anderen außer mir?

SKILEHRERIN.

Geht dich das was an?

SCHÖNHEITSCHIRURG.

Ich habe doch wohl ein Recht, zu erfahren, ob die Frau, die ich liebe, noch nebenher andere Affären hat!

SKILEHRERIN.

Liebe! Schau – das ist so ein großes Wort. Und schließlich gibt es doch verschiedene Spielarten davon.

SCHÖNHEITSCHIRURG *nicht wütend, als hätte er es erwartet.*

Sie hat jemand anderen!

SKILEHRERIN.

Und wenn ich einen anderen hätte! Wir müssen deutlich besser aufpassen mit unseren Liebschaften. Bei uns wird genauer Buch geführt als bei euch. Da ist die G'söllschaft viel nachsichtiger. Wenn unsere Liebeleien herauskommen, sind wir gleich Verworfene. Oder ‚Gefallene', wie man früher gesagt hat. Oder Schlampen.

SCHÖNHEITSCHIRURG *wehrt ab.*

Ich weiß nicht, ob man da gleich –

SKILEHRERIN.

Mir kommt es so vor, als hätte sich seit 1900 gar nicht so viel geändert. *Sie steht auf.*

SCHÖNHEITSCHIRURG *lässt den Kopf sinken.*

SKILEHRERIN *geht ab.*

Servus!

Der Schönheitschirurg und die Studentin

Großzügige Arztpraxis in Döbling. Blanke weiße Flächen, Instrumente und Modelle menschlicher Gesichter hinter Glas. Der Schönheitschirurg blättert im Magazin „Cheeks like the Greeks", die Studentin ist gerade mit dem Ordnen einer Kartei fertig.

STUDENTIN.
Kann ich morgen früher gehen?

SCHÖNHEITSCHIRURG.
Schon wieder? Das machst du doch fast jeden Freitag.

STUDENTIN.
Morgen ist erst Donnerstag.

SCHÖNHEITSCHIRURG.
Na, dann erst recht. Wahrscheinlich bezirzt du mich dann morgen, dass du übermorgen, also am Freitag, auch wieder früher gehen willst. Ist das nicht ein bisschen viel?

STUDENTIN.
Nein, am Freitag bleibe ich lang. Versprochen. Ich verstehe schon, dass zweimal in der Woche zu viel ist ... obwohl ich ja immer wieder auch länger mache als vereinbart. Da beschwere ich mich doch auch nicht. Aber morgen ist, zugegeben, ... nicht ganz regulär.

SCHÖNHEITSCHIRURG.
Na, was zieht dich denn morgen fort, dass du unbedingt folgen musst? *Sie lächelt verlegen; er grinst.* Ich hab schon verstanden. Keine Ausführungen nötig.

STUDENTIN *plötzlich ernst.*
Was? Worüber?

SCHÖNHEITSCHIRURG.

Über deine privaten Belustigungen. Mit wem auch immer.

STUDENTIN.

Nein! Eine Cousine ist gestorben. Tut mir leid, hab ich vergessen, dir zu sagen. Das Begräbnis ist morgen.

SCHÖNHEITSCHIRURG.

O Gott, entschuldige bitte! Das war nicht meine Absicht. Ist mir sehr peinlich. Mein Beileid.

STUDENTIN.

Passt schon, danke. Eigentlich hab ich sie kaum gekannt. Cousine zweiten Grades. Aber ... Familie halt. Mit den meisten hat man nichts zu tun, aber wenn was ist, muss man trotzdem anrücken.

SCHÖNHEITSCHIRURG.

Na klar! Bitte vergiss, was ich gesagt hab. Sehr dumm von mir. Ich hoffe, ihr könnt ... du weißt schon. Aber ... wenn ich fragen darf: Was war die Todesursache? Deine Cousine, die muss doch noch jung gewesen sein.

STUDENTIN.

Erst einunddreißig. Tragische Geschichte ... man weiß es nicht genau ... sie hatte eine Überdosis ... aber es ging wohl in Richtung ...

SCHÖNHEITSCHIRURG.

Suizid?

STUDENTIN.

Ja. Ich hatte sie schon Jahre nicht gesehen. Sie ist nach Deutschland gegangen ... hat sich ziemlich von der Familie abgeschottet ... verfahrenes Schicksal ... fast schon klassisch.

SCHÖNHEITSCHIRURG.

Wie meinst du?

STUDENTIN.

Eltern, die sie nicht so akzeptiert haben, wie sie war ... und insgesamt ein Umfeld, dem sie entkommen wollte.

SCHÖNHEITSCHIRURG.

Aber wir leben im 21. Jahrhundert! Das kann doch in unserer westlichen Welt nicht mehr so ein Problem sein. *Pause.* Und wo in Deutschland hat deine Cousine gelebt?

STUDENTIN.

Sie hat zuerst in Köln studiert und dann in Hamburg ein bisschen was gearbeitet. Aber ich glaub, da war dann nicht mehr viel. Da fing's dann an, dass sie in ihre eigene Welt geflohen ist.

SCHÖNHEITSCHIRURG.

Du meinst Schizophrenie?

STUDENTIN.

Ich weiß gar nicht, ob es offiziell so schlimm war. Naja ... wie man's nimmt ... sie war schon eigen ...

SCHÖNHEITSCHIRURG.

Was meinst du denn genau mit „eigen"? Entschuldige, dass ich so bohre.

STUDENTIN *lächelt wieder verlegen.*

Naja ... sie war wohl eine Art Nymphomanin.

SCHÖNHEITSCHIRURG *macht ein betont finsteres, zu finsteres Gesicht.*

Uff, das ist aber auch heftig. Dieses ständige Verlangen, auch für ihre Partner und die Umgebung. Solche Leute werden sicher gewalttätig, wenn's darum geht ...

STUDENTIN.

Ich weiß nicht, wie das bei ihr war. Und die Eltern würden uns das nicht sagen, auch wenn sie Näheres wüssten ... was ich nicht glaube.

SCHÖNHEITSCHIRURG.

Hast du sie nie besucht?

STUDENTIN.

Wie gesagt, wir kannten uns kaum. Aber nein, weder hätte sie das gewollt noch meine Eltern.

SCHÖNHEITSCHIRURG *schaut zu Boden, dann langsam auf.*

Aber irgendwie faszinierend ist es trotzdem, oder? Bitte versteh mich jetzt nicht falsch ... tragisch, aber auch ...

STUDENTIN.

Nymphomanie? Ja, natürlich hat der Gedanke was.

SCHÖNHEITSCHIRURG.

Der Gedanke an dieses Gefühl ... ständig zu wollen ... und wo ein Wille ... ich meine, bei euch Frauen ...

STUDENTIN *plötzlich etwas schelmisch.*

Was?

SCHÖNHEITSCHIRURG.

Naja, in der Hinsicht habt ihr's schon leichter. Dafür ist halt auch wirklich nie Schluss, wenn man süchtig ist.

STUDENTIN.

Keine Ahnung. Der ganze Körper macht doch auch irgendwann schlapp.

SCHÖNHEITSCHIRURG.

Ja, schon. Aber wenn man jung ist, geht viel. Das kann dann in einen echten Turnstundenblock ausarten.

STUDENTIN *schaut ihn neugierig an, lacht.*

Wenn ich gewusst hätte, dass dich das so fasziniert ...

SCHÖNHEITSCHIRURG *säuselnd.*

Was? *Sie geht ein paar Schritte durch den Raum und zieht ihn an ihrem Blick mit.* Was, „wenn du gewusst hättest“?

STUDENTIN.

Dann hätte ich mir überlegt, ob ich …

SCHÖNHEITSCHIRURG.

Ob du dich von jemandem wie mir anstellen lässt?

STUDENTIN *lacht hell auf.*

Das vielleicht auch. Aber ich meinte eher, dann hätten wir uns darüber ja schon früher … unterhalten können. *Sie geht wieder zu ihm zurück.*

SCHÖNHEITSCHIRURG *schon merklich erhitzt, um Lockerheit bemüht.*

Alles hat seine Zeit. Und unsere ist eben jetzt.

STUDENTIN.

Was? Ach komm, wir müssen ja nicht gleich so dick auftragen.

SCHÖNHEITSCHIRURG.

Nein, du hast Recht. Es genügt ja, zu sagen, wir verstehen uns gut. Das ist doch schon nicht wenig. *Es kreist sichtlich in seinem Kopf, er versucht, ihn freizubekommen.* Aber sag, eins würde ich gern mit dir probieren. Wir haben von Dissipex neue Tücher bekommen, die durch thermodynamische Wirkung die Gesichtsporen anregen sollen. Ist angeblich gut vor Eingriffen. Ich wüsste gern, was du dazu sagst. Eure Körper ticken ja doch anders.

STUDENTIN.

Ist das so?

SCHÖNHEITSCHIRURG.

Na komm, sei nicht albern. Spätestens, seit Kleopatra in Eselsmilch badete, predigt ihr uns, dass wir euch im Entscheidendsten, eurem Körpergefühl, nicht erwischen, und wenn wir uns Mühe geben, nehmt ihr's nicht ernst. Ihr empfindet anders, Punkt. Das ist tägliche Erfahrung. Und da sind wir gar nicht erst bei der Psychologie im engeren Sinn.

STUDENTIN.

Die lassen wir lieber.

SCHÖNHEITSCHIRURG.

Ja, bei Gott! Aber ich hol dir eins dieser Tücher und du versuchst es, in Ordnung?

STUDENTIN.

Ja, klar. *Er geht zum Kühlschrank, sie legt sich auf die Patientenliege.*

SCHÖNHEITSCHIRURG.

Also: Wir betätigen uns hier natürlich nicht als Porenreiniger. Es geht darum, dem Patienten ein angenehmes Körpergefühl zu verschaffen, durch das er die Betäubung dann zwar nicht weniger spürt, im Gegenteil, aber ...

STUDENTIN.

Die Kasse klingelt.

SCHÖNHEITSCHIRURG.

Du Freche! So kann man es natürlich auch sehen. Aber im Ernst: Das Tuch soll den Patienten sozusagen kurzzeitig noch empfindlicher machen, damit er dann besonders klar spürt, wie ihm das Gesicht einschläft. Hat fast etwas Religiöses: der Schmerz als Standortbestimmer. Wahrscheinlich doch psychologische Spielerei. *Sie lacht.* Na, das weiß man als Mediziner nie so genau. Ging's dir nicht so? Wenn man Medizin inskribiert, denkt man doch, man wird sich jetzt ganz dem Körper und seinen Funktionen widmen. Doch dann stellt sich heraus: Dieser Körper ist nur Mieter bei einem psychisch gesteuerten System. Eher jedenfalls als umgekehrt. Beim Anblick einer schönen Frau bekommt mein Körper ja Bescheid, wie er sich zu verhalten hat. Und für das eine zu müde zu sein, heißt nicht, etwas körperlich Anstrengenderes nicht tun zu können, wenn es einen freut. Ganz klar, wer das Sagen hat.

STUDENTIN.

Aber hinkt der Vergleich nicht? Dem Vermieter gehört zwar das Gebäude, aber er muss sich auch um alles kümmern. Das trifft doch auf den Körper zu. Und die Psyche ist der launische Mieter, dem man es recht machen muss.

SCHÖNHEITSCHIRURG.

Wie auch immer. Auch dagegen ließe sich argumentieren. Bist du bereit? Erschrick nicht, das wird sich jetzt heiß und kalt zugleich anfühlen. Aber danach kommt ein Zustand ... naja, wir werden sehen. Also: Augen zu. *Sie schließt die Augen, atmet auffälliger. Er nimmt das Tuch aus der Verpackung, wartet ein paar Sekunden und legt es langsam über ihr Gesicht. Pause.* Merkst du schon was?

STUDENTIN.

Ein bisschen. Hat was. Wie lange muss es draufbleiben?

SCHÖNHEITSCHIRURG.

Eine Minute genügt. *Die Zeit verstreicht zu Ende. Er nimmt das Tuch langsam wieder ab.*

STUDENTIN.

Das ist echt nicht ohne. Ein bisschen wie wenn man etwas Scharfes mit Kälte abtöten würde ... aber besser ... genüsslicher.

SCHÖNHEITSCHIRURG.

Eigentlich müsste ich dir jetzt die Betäubung verabreichen. Erst dann wüssten wir die Gesamtreaktion. Das wäre seriös.

STUDENTIN *lacht mit etwas gespielter Verblüffung.*

Netter Versuch ... du Professor. Mich würde mehr interessieren ... ganz ohne Betäubung ... wie sich so ein Tuch an anderen Stellen anfühlt.

SCHÖNHEITSCHIRURG *zuckt zusammen.*

Uh, das ist heikel. Bei dir oder bei mir?

STUDENTIN.

Naja, wenn schon ... wir wollen nicht unfair sein.

- - - - - - - - - - - - - - - - - - - -

SCHÖNHEITSCHIRURG.

Zum Glück ist das Begräbnis erst morgen. Das wäre doch eine traurige Art, den Tag ausklingen zu lassen.

STUDENTIN *eher gleichgültig.*

Keine Sorge, mir fällt schon was ein. Außerdem ist es ja schon um halb drei. Da ist auch nach dem Leichenschmaus noch genug Zeit.

SCHÖNHEITSCHIRURG.

Wofür denn zum Beispiel?

STUDENTIN *hebt fingerweise ihre Bluse auf.*

Zum Beispiel, um Max zu treffen. Meine neue Bekanntschaft. *Sie hält kurz inne, dann ganz sachlich.* Er will auch ständig ... *Sie dreht sich zur Tür, als wolle sie schon gehen; dann wieder zu ihm.* ... und er kann! Das sagt man zwar vielen Männern nach, aber in der Form ist es schon ungewöhnlich. Vor allem aber fordert er es nicht auf so eine kindische, winselnde Art. Das find ich nämlich unmännlich. Aber bei ihm ist das toll, da staut sich ganz unbemerkt ein unglaublicher Druck an, in diesem sicheren, stabilen Körper, der aber auch nicht zu besonders ist. Sonst würde man ihn ja auf Anhieb sexualisieren. Aber er hat sich völlig unter Kontrolle, bis er merkt, dass man selber will. Er ist richtig diskret, nicht wie ein entlaufener Hund mit dauerrotem Gemächt. *Sie zögert, ihr Schweigen genüsslich, die Worte wieder sachlich.* Da kann ich meine Nymphomanie richtig ausleben ... ihm eine Eintrittskarte geben. Er folgt mir und übermannt mich dann doch ... erst buchstäblich im letzten Moment ... aber dann gibt er den Ton an. *Er ist wie elektrisiert.* Bis morgen. *Sie geht ab.*

SCHÖNHEITSCHIRURG *wartet, bis er das Schloss klicken hört, nimmt dann sein Handy und wählt.*

Ivana? Kannst du kommen? ... So schnell wie möglich ... nein, in die Praxis ... Stunde reicht ... super, bis gleich.

Die Studentin und der Aktivist

Abend. Ein belebtes Ausgehviertel, Musik aus offenen Bars umschlingt tanzende Menschenmassen. Brennender Applaus. Der Himmel hat sich violett gefärbt. Menschen setzen sich auf die umliegenden Wiesen, es begegnen sich die Studentin und der Aktivist. Sie hebt die Hand zum Gruß, er winkt freudig, im Hintergrund beginnt eine Band „She is on my Mind" von JP Cooper zu spielen.

AKTIVIST.
Ich habe gehofft, dass du heute auch kommst.

STUDENTIN.
Ich war noch auf der Arbeit, hatte heute ein interessantes Gespräch mit meinem Arbeitgeber. *Er lacht wissend.* Vielleicht finde ich doch noch einen Weg, wie ich meine feministischen Prinzipien nicht verraten muss, während ich bei ihm für die Finanzierung meines Studienabschlusses schufte. *Sie zwinkert kurz.*

AKTIVIST *lächelt, versucht, sich so gehoben wie möglich auszudrücken.*
Wir alle sind Gefangene in einem System des Hyperkapitalismus, und wenn du es schaffst, dir auch nur teilweise treu zu bleiben, dann bist du bereits Teil der Revolution! Gesellschaftlicher Umbruch und alles basierend darauf, dass wir es schaffen, den Klimawandel zu stoppen!

STUDENTIN *muss über die Ausdrucksweise des Aktivisten lächeln, fährt dann ernst fort.*
Darüber haben wir schon oft gesprochen, vor allem über deine eigene privilegierte Position im System des Hyperkapitalismus …

AKTIVIST *reicht ihr eine Flasche Bier und streckt ihr die Hand entgegen, wechselt das Thema.*

Ich habe dich vermisst.

STUDENTIN *schweigt kurz, lächelt dann.*

Das ist sicher ein nicht kalkuliertes Nebenprodukt, ein Kollateralschaden deiner illusorischen Herangehensweise in einer post-postmodernen Suche nach Intimität. Gehen wir gemeinsam bis zur U-Bahn?

AKTIVIST *schmunzelt amüsiert, freut sich.*

Sicher. Wie immer?

Er streckt seinen Arm aus, dieses Mal ergreift die Studentin seine Hand, sie schlendern die nächtlichen Straßen entlang.

STUDENTIN.

Du glaubst also immer noch, dass Verliebtsein, ehrliche Liebe für eine Person zu empfinden, möglich ist? Es ist doch ein Symptom unserer Generation, dass Liebe nur noch als Kapital gewertet wird, Partnerschaft als soziales Prestige, um in einer immer kompetitiveren Gesellschaft nicht als Versager:in deklariert zu werden, wenn es uns nicht gelingt, eine:n Lebenspartner:in zu finden. Doch bis wir dieses perfekte, illusorische, von Algorithmen kreierte Simulakrum unseres eigenen Selbst gefunden haben – was wahrscheinlich nie passieren wird –, legitimieren wir unsere entwickelte Bindungsangst damit, dass wir uns noch ausleben müssen oder dass unsere persönliche Realisierung für uns an erster Stelle steht.

AKTIVIST.

Im Grunde, glaube ich, suchen alle Menschen in ihrem tiefsten Inneren nach Nähe, einer Nähe und Geborgenheit, die sie das letzte Mal im Mutterleib, vor dem plötzlichen Akt des In-die-Welt-Geworfen-Seins erlebt haben.

STUDENTIN *schmunzelt.*

Verwendest du gerade wirklich Sartre-Zitate, um mich zu

beeindrucken?

AKTIVIST.

Nichts geht über philosophische Fachtermini, um dir zu zeigen, wie gebildet ich bin.

Sie lachen beide.

STUDENTIN *gespielt streng, ein Mundwinkel zuckt.*

Es ist genau diese individualistische Selbstinszenierung, die mich die Hoffnung aufgeben lässt, dass wirkliche Verbindung möglich ist; der Mensch sucht nicht mehr nach einem Gegenüber, sondern nach einem Spiegel, der ihm seine – tatsächliche oder imaginierte – Besonderheit reflektiert, Partner:innen als Objekt anstatt Subjekt, das sagt schon Eva Illouz.

Sie gehen an der U-Bahn-Station vorbei, schlendern weiter, einem Ziel entgegen, das sie beide kennen.

STUDENTIN *fährt nachdenklich fort.*

Aber dieses Konzept der unbedingten Nähe, des uneingeschränkten Akzeptiert-Werdens für das, was man ist, ist heute quasi unantreffbar, da niemand mehr daran glaubt und es somit seiner möglichen Existenz a-priori beraubt.

AKTIVIST.

Ich glaube, du hast Recht, aber ich glaube auch, dass wir verstehen können, was Liebe ist, wenn wir verstehen, dass Nähe und Intimität gewonnen werden können, wenn wir nicht unserem Schicksal gegenüber ewiglich verantwortungslos bleiben wollen.

STUDENTIN.

Das Peter-Pan-Syndrom ausgeweitet auf die gesamte Gesellschaft.

AKTIVIST.

Vielleicht ist genau dies das zwischenmenschliche Problem unserer eurozentristischen, wohlhabenden, privilegierten Mittel- und Oberschicht; wir wollen alle nicht mehr erwachsen werden und aus bewusst perpetuierter Unmündigkeit Pflichten, die uns zu erdrücken drohen, so lange wie möglich von uns schieben. Wir möchten so tun, als würden wir in einem Nimmerland der Unbedarftheit leben, aus der uns Gebundenheit und commitment brachial entführen.

STUDENTIN.
Wir sind schon wieder unter deiner Wohnung.

AKTIVIST *lächelnd.*
Ich weiß, ich habe es gehofft.

Sie küssen einander und gehen in die Wohnung, trinken Wein, bleiben umarmt vor dem Fenster stehen. Die Studentin legt eine Platte auf. „She is on my Mind" erfüllt das Schlafzimmer. Es ist dunkel, im Hof sehen sie sich im Wind schüttelnde Sträucher, die langsam ihre Früchte verlieren. Hagebutten liegen auf dem glatten Kiesboden, ihre Körper werfen Schatten.

STUDENTIN *dreht sich zum Aktivisten, blickt ihm in die Augen.*
Sicherlich ist auch nicht zu vergessen, dass das Offenhalten aller möglichen und unmöglichen Möglichkeiten die Entscheidungsunfähigkeit fördert, dass alles nur so lange vage sein und halten oder nicht halten kann, bis sich eine andere, eine größere, eine beeindruckendere Möglichkeit eröffnet, etwas, was jede Sekunde passieren kann, so wie ein technisches Produkt, ein als „extravagant" angesehenes Essen oder neue Kleidung in Windeseile verfügbar gemacht werden können. *Sie nippt an ihrem Wein, fährt fort.* Wie gesagt, Liebe wird zum Produkt abgewertet, das Subjekt zum Objekt, Partner:innen werden als Spiegel inszeniert, die hyperindividualiserte und narzisstische Gesellschaft sucht Sendefläche, Plattformen, ein spiegelndes Etwas, um sich darin selbst bestätigt zu sehen, denn l'enfer c'est les autres. Man liebt nicht um der anderen Person willen, man liebt nicht einmal die andere

Person um ihrer selbst willen, man liebt sie, falls, und nur falls sie in der Lage ist, als idealer Spiegel zu dienen, der bestätigt, wie besonders und einmalig man selbst ist.

AKTIVIST *hört aufmerksam zu, fragt dann abrupt.*
Kannst du dich deshalb nicht in mich verlieben?

STUDENTIN *sichtlich verwirrt, wird dann nachdenklich, fragt zögerlich nach.*
Was?

AKTIVIST.
Weil du an all diese dir zurechtgelegten und theoretisch untermauerten Prinzipien glaubst und nicht akzeptierst, dass du eigentlich nur Angst vor natürlicher Nähe hast, etwas, das ich nicht verurteile und verstehe. Aber ich werde nie deinen Max-Frisch-Fragebogen perfekt ausfüllen können und ich glaube nicht an eine perfekte Partnerschaft, die ohne Arbeit, ohne effort, ohne Probleme besteht, aber ich möchte für dich, für mich, für uns, das mit dir und mir versuchen.

STUDENTIN.
Vielleicht darf ich mir nicht ständig einreden, die andere Person würde mir eigentlich schaden wollen, man müsse sich schützen, Lügen vorzeitig entlarven, bevor sie einen selbst entlarven können. Vielleicht sollte ich nicht eine Idealversion von mir selbst bis ins Unermessliche steigern, um dann nach einer Woche daran zu zerbrechen. Wenn die pirandellianischen Masken fallen und man sich im Absurden Theater wie bei Hesse gegenüber sitzt, dann hilft wirklich nur noch Humor, Galgenhumor, oder Kompromiss, Toleranz und Verständnis, die Bereitschaft, die eigene Zeit aufzuopfern, eigene Redezeit für Selbstinszenierung aufzugeben und das eigene Ego in die Zuhörer:innenreihe zu verbannen. Vielleicht kann ich das tun.

AKTIVIST.

Das würde mich glücklich machen.

Sie lächeln und kehren zum Sofa zurück, küssen einander, sie fährt durch seine Haare, er umarmt sie. Nach einigen Minuten nehmen sie den Wein und gehen ins Schlafzimmer.

- - - - - - - - - - - - - - - - - - - -

Es dämmert. Die Studentin steht auf, schlendert zum Fenster, sie ist schon angezogen und wirft einen Blick zurück zum Bett. Der Aktivist schläft tief.

STUDENTIN.

Ich glaube, dass der Neid und die Gier jedem Menschen inhärent sind, dass er nur glaubt, in mich verliebt zu sein, und wenn er es wirklich ist, dann nur, weil es ulteriori auch eine egoistische Motivation hat, nämlich die, dass er nicht alleine ist. Kann der Mensch überhaupt etwas aus Selbstlosigkeit machen? Ich glaube nicht. *Sie schmunzelt leise in sich hinein.* Es wird sowieso niemals ein Gleichgewicht herrschen in einer Beziehung, es gibt immer ein Machtverhältnis, das subtil oder weniger subtil angelegt ist und kippt, manchmal, je nachdem. Jemand liebt immer mehr. In der Sprache der Yolŋu gibt es kein Wort für Fremde, kein Wort für „stranger", alle sind als Familie oder Freunde aufnehmbar, Begegnungen, die uneingeschränkte Freude und Respekt mit sich bringen, etwas, das für uns, die wir schon seit Anbeginn der systematischen Ausbeutung von Millionen von anderen Menschen unser Wohlergehen in ihrem Leid begründet haben, nicht möglich ist. In uns liegt der tiefste Glaube verankert, dass wir nur überleben können und es uns nur gut geht, wenn es anderen dafür schlecht geht. Wir müssen als Menschen anders werden, um wirklich lieben zu können. *Sie dreht sich um, setzt sich ans Bett, in dem der Aktivist tief und fest schläft. Sie streicht über seine Wange und wispert.* Die Liebe muss also immer eine besitzlose sein, eine Freiheit mit sich bringen, die, wie Simone Weil sagt, der freundschaftlichen Liebe innewohnt. Man solle die*den Freund*in mit Wohlwollen aus der Ferne betrachten, ohne in sein*ihr Leben einzugreifen, ohne einzugreifen, gefangen zu nehmen, jemanden an die eigenen Erwartungen anzugleichen und sich hintergangen zu fühlen, wenn sich die Person als nicht exakt jene herausstellt, die wir imaginiert haben, Bilderrahmen, die wir schon für Andy-Warhol-Siebdruckkopien einer *Social-Media-Suggestion* festgelegt haben. Wir müssen als Menschen anders werden, um wirklich lieben zu können.

AKTIVIST *seufzt im Schlaf, dreht sich auf die Seite und schlummert lächelnd weiter.*

Die Studentin erhebt sich und blickt aus dem Fenster in den bleiernen Innenhof: Wolken mit schweren Leibern, Sträucher, an denen die Früchte vertrocknet sind. Sie schlüpft leise durch die Tür, während er noch schläft. Ein Hauch von Hagebutten liegt in der Luft.

Activist und der Politiker

Sieben Uhr. Abend. Frühsommer. Draußen: Blühende Fliederbüsche. Untergehende Sonne. Auf dem Rasen sitzen Paare und Menschen-grüppchen, die den Tag ausklingen lassen. Drei Personen spielen Fris-bee, ein Hund läuft zwischen ihnen, jagt der Scheibe hinterher. Neben der Rasenfläche in einem großen Gebäude, im Barockstil erbaut, sitzt ein Mann vor einem Computer. Vor ihm flimmert das Bild einer Frau. Sie trägt lange, dunkle Locken, hat die Hände in die Hüften gestemmt und sieht ihn mit einem herausfordernden Gesichtsausdruck an.

Neben einem anderen Bildschirm, in einem anderen Stadtteil, liegt ein Buch, aufgeschlagen bei:

> *„Chapter 5: Make sexy promises like, ‚When we meet I'm going to …'. Remember, you're role-playing. You're playing a role."*

ACTIVIST / CHILICUPCAKE.

hey.

Der Politiker lächelt und tippt.

[~~Wie sie mich anblickt mit lustvollem Blick, sich über die Lippen leckt, als wolle sie mich verschlingen.~~]

POLITIKER / MINOTAURUS47.

Hi, da bist du ja.

CHILICUPCAKE.

na, wie geht's?

MINOTAURUS47.

Fantastisch! Ich hab grad überlegt, wann wir uns treffen. Hab den halben Nachmittag versucht, dich zu erreichen.

CHILICUPCAKE.

aaw, did you miss me? i've missed you too ;)

„Say it in a sweet but playful way."

MINOTAURUS47.

Haha. Süß, wie du immer auf Englisch schreibst …

CHILICUPCAKE.

und ich habe grad eben überlegt, was ich jetzt gerne mit dir machen würde

MINOTAURUS47.

Ach ja? Erzähl mir mehr …

CHILICUPCAKE.

ich möchte zb deinen hals küssen und mit meinen fingerspitzen über deinen ganzen körper streichen

MINOTAURUS47.

Mmh … den ganzen Körper? *Er stellt die Rückenlehne etwas zurück.*

CHILICUPCAKE.

mmmh …

„Using emojis that are known to serve as sexual innuendos can help set intentions without saying a word. The eggplant and banana are often used to represent the penis. A peach represents the booty. A pussy cat references to vagina. The emoji with the tongue sticking out indicates desire, and the raindrops indicate wetness or ejaculation. Knowing emoji sex code can help maintain a code of conduct if you're sexting in public."

[~~no public here~~]

CHILICUPCAKE.

👄🍆🎇

MINOTAURUS47.

Klingt gut … und weiter?

🌮👅💦

„Turn it up a notch and say ‚You know what I want to do?'"

CHILICUPCAKE.
you know what i want to do?

MINOTAURUS47.
Auf Deutsch bitte ;)

CHILICUPCAKE.
ich möchte mir zeit nehmen, möchte dich erforschen und vor lust stöhnen lassen

MINOTAURUS47.
Mmh, klingt toll, kann es kaum erwarten! *Er hält inne, tippt dann weiter.* Ich will dich …

CHILICUPCAKE.
berührst du dich?

MINOTAURUS47.
Wo willst du, dass ich mich berühre?

CHILICUPCAKE.
schließ mal die augen, stell dir vor, ich beuge mich über dich, wie du so vor deinem bildschirm sitzt

MINOTAURUS47.
Mhm.

CHILICUPCAKE.
sitzt du?

MINOTAURUS47.
Hm.

CHILICUPCAKE.
noch im büro?

MINOTAURUS47.

Yesss. Auf meinem Drehstuhl, um genau zu sein. Und ich habe die Augen wieder offen ;) Wie soll ich'n sonst schreiben? *Sein Blick wandert über den Glastisch, über die Zierpflanze auf der Fensterbank zum Portrait des Bundespräsidenten.*

CHILICUPCAKE.

dann stell dir vor, ich umarme dich von hinten, meine hände wandern langsam über deinen oberkörper, ich hauche dir ins ohr, meine zunge gleitet über deinen hals, ich drehe dich um, zieh dir dein oberteil aus

MINOTAURUS47.

Sakko.

CHILICUPCAKE.

also gut sakko

MINOTAURUS47.

Und Hemd.

CHILICUPCAKE.

das hemd musst schon *du* aufknöpfen

MINOTAURUS47.

Mach ich.

CHILICUPCAKE.

machst du?

MINOTAURUS47.

Mmmhm.

CHILICUPCAKE.

langsam ... meine lippen tasten über dein ohr

MINOTAURUS47.

Beim Ohr bin ich eher kitzelig.

CHILICUPCAKE.

fühlst du's? stellst du dir meine lippen auf deiner haut vor?

MINOTAURUS47.

Mmmh.

CHILICUPCAKE.

jetzt knöpfe ich dir die hose auf ...

MINOTAURUS47.

Zuerst den Gürtel.

CHILICUPCAKE.

alright, gürtel und jetzt die hose – streichelst du dich?

MINOTAURUS47.

Mmmh. *Er stöhnt.*

„The tone is what creates the intimacy. Softer, because your voice only needs to travel a few inches away. Grammar and pronunciation melt away. You don't need them anymore. And the words: Show desire: I want you. Let them know you are enjoying it. An emphatic ‚Yes!' is a turn-on. For a sub partner, sweet begging. For an assertive partner - I'm gonna f-k your brains out. Basically anything that shows joy & enthusiasm works."

CHILICUPCAKE.

bist du so weit?

MINOTAURUS47.

Ja, die Hose ...

CHILICUPCAKE.

berührst du dich? spürst du meine hand in ...

MINOTAURUS47.

... noch der Reißverschluss ...

CHILICUPCAKE.

... meinen mund über deinem ...

MINOTAURUS47.

Soll ich? Jetzt schon?

CHILICUPCAKE.

mmh! berührst du dich?

MINOTAURUS47.

Mmmmh … ja … oh ah …

CHILICUPCAKE.

ich stell mir grad deinen atem auf meiner haut vor

MINOTAURUS47.

Mmmh … berührst du dich auch?

CHILICUPCAKE.

jaaa, ich bin schon ganz heiß

MINOTAURUS47.

Oh …

CHILICUPCAKE.

und feucht – ich will dich!

MINOTAURUS47.

Jaaa … oh …

CHILICUPCAKE.

in mir spüren … jaaa!

MINOTAURUS47.

👉👌 Oh oh jaaaa uuuh

CHILICUPCAKE.

ich kann dich in mir spüren … fester, ja härter …

MINOTAURUS47.

Aaah … *Er stöhnt.*

CHILICUPCAKE.
mmmh

MINOTAURUS47.
Mmmhm

CHILICUPCAKE.
ich würde jetzt so gerne deine stimme hören, i would love to hear you moan

MINOTAURUS47.
Oh jaaaa, wir könnten die Kamera anschalten uuuh oh oh jaaaa mmmh seufz oooh jaaaaaa oh mein Gott aaaah hauch take it slow

CHILICUPCAKE.
keine kamera!

MINOTAURUS47.
Uff, du erregst mich ... Was nun: mit Bild oder ohne?

CHILICUPCAKE.
OHNE

MINOTAURUS47.
Aaa ooooh aaaooooh aaaooooh fuck jaaa is das gut aaaooooh uff aaa uuuuh yessssss ooooh ooooh aaah ooooh aaa ooooh aaa ooooh ah OMG ooooh aaaooooh uuuuu jaaaaa aaah ooooh aaaooooh aaaooooh mmmmh aaaooooh aaaooooh aaaooooh aaaooooh aaaooooh oh ja ... Baby. Ich kann spüren, wie deine Muschi meinen Schwanz zusammenpresst und freigibt, ihn melkt.

[~~cringe~~]

[~~no muschi here~~]

MINOTAURUS47.
Aaa mmmmmmmmmm oooh wupp ich k... ah... ah... ahh... agh.... *OHHHHHHHHHH AHHHHHHHHHH MMMMMHHHHHH*

CHILICUPCAKE.

bist du ge...?

MINOTAURUS47.

Maa jaaa ah ... Wie bitte? A-ah ... ou ... hah ... uiui ... s-stopp ... ahh ... uhm ... uh ....

CHILICUPCAKE.

hell y-yes ... i'm gasping, blushing, eyes shut.

MINOTAURUS47.

Hah ... ah ... ahh .... mmmhm ... und du?

„Write about tingly sensations in nipples, contractions in your vaginal walls / crotch, curling of toes, clenching of bedsheets with fingers, etc. over moaning sounds. It makes your sexting writing more realistic, possibly."

CHILICUPCAKE.

um ... uhh ... umh ... i'm clenching my bedsheets with my fingers.

MINOTAURUS47.

Du liegst im Bett?

CHILICUPCAKE.

jaaaaaa ... mmmh

„Give them a clue or directions like: ‚I'm coming.' ‚Take me.' ‚Lay down, I'll sit on top.' ‚Oh yes, I can feel you coming, too.' ‚You're so big.' ‚It was awesome.' ‚You should take me whenever you want.' ‚Cigarette? Beer or something?' ‚I like words during sex. Words are hottt!'"

CHILICUPCAKE.

aah, uhh, uhhh, ooh, oooh, oh, ohh, mmhmm, ah, mm, mmmh, ahhh, uh-huh, ooo, ugh, hmm, oooo, oooooh, mmhm, uuuuh, ooh-la-la, umpf, hmmm, aww, yess, ahhhh, ooohhh, mmmmh, ohhhh, uuuu, mmmmmm, aaaaaah, uuuuuuh, oooooo, ooooooh, ohhhhh, mmmmmmm, aaaaaaaaah, uuuuuuuh, ooooooo, ohhhhhh, mmmmmmmm, aaaaaaaaaah, uuuuuuuh, oooooooooh, ohhhhhhh, mmmmmmmmm, aaaaaaaaaaaah, uuuuuuuuh, oooooooooo, ohhhhhhhh, mmmmmmmmmm, aaaaaaaaaaaaah, uuuuuuuuuh, ooooooooooo, ohhhhhhhhh schluck

MINOTAURUS47.

Immer noch?

CHILICUPCAKE.

mmmh mmmh

MINOTAURUS47.

Echt, schon im Bett …? ;)

CHILICUPCAKE.

mmmh

MINOTAURUS47.

Das war so gut, der Hammer! Kann's sein, dass unser Präsident plötzlich anders aussieht …? Haha :))) Wann sehen wir uns?

„If you know each other better a tad of humor can be a good idea. ‚Why do I never get to be on top?' ‚What? You've come already? You selfish bastard!!!!!' ‚These knickers cost 40 dollars and you've ruined them - you stupid, clumsy, ham-fisted, impatient, inconsiderate lummox!' ‚Is five minutes of foreplay really too much to ask?' ‚Ow! Shit! Trim your bloody fingernails!'"

CHILICUPCAKE.

das haben wir doch schon besp…

MINOTAURUS47.

Ich will so nicht mehr. Ich muss dich sehen … Ich will dich spüren. In echt. Das mit dem vielen Tippen & gleichzeitig Sex haben … auf Dauer echt schwierig.

CHILICUPCAKE.

sry, geht nicht

MINOTAURUS47.

Warum nicht?

- -

Eine kleine Ewigkeit später.

CHILICUPCAKE.

sry mein nachbar … hat sein packerl endlich geholt

MINOTAURUS47.

Was machst du eigentlich?

CHILICUPCAKE.

wie?

MINOTAURUS47.

So. Na so. Im Leben …

CHILICUPCAKE.

geheimnis ;)

MINOTAURUS47.

Okay ;) Und beruflich?

CHILICUPCAKE.

gegenfrage: was machst du so?

MINOTAURUS47.

Alright, dann mach ich den Anfang: Irgendjemand muss ja mal die Hoden runterlassen: Ich bin in der Politik.

CHILICUPCAKE.

ach

MINOTAURUS47.

*chosen

(… typing)

MINOTAURUS47.

Schon wieder Autokorrekt *Hosen

CHILICUPCAKE.

wie?

MINOTAURUS47.

Nur so eine Redensart – runterlassen ... ;)

CHILICUPCAKE.

themenwechsel – wenn wir schon mal beim runter mit den hosen sind!

„Chapter 6: Be careful of autocorrect“

CHILICUPCAKE.

glaubst du, ihr kommt damit durch?

MINOTAURUS47.

Wie? Wer „ihr“? Womit denn?

CHILICUPCAKE.

was willst du?

MINOTAURUS47.

Was meinst du? ... Ich will dich!

CHILICUPCAKE.

alright: wer bist du?

MINOTAURUS47.

Kann ich dir nicht sagen.

CHILICUPCAKE.

warum nicht?

MINOTAURUS47.

... bin eine Person des öffentlichen Lebens.

CHILICUPCAKE.
???

MINOTAURUS47.
Minister.

CHILICUPCAKE.
woher soll ich wissen, dass das stimmt? minister wofür?

MINOTAURUS47.
Dazu müssten wir uns besser kennen.

CHILICUPCAKE.
echt jetzt?! welche partei?

MINOTAURUS47.
Dazu müssten wir uns besser kennen.

CHILICUPCAKE.
nun ja, das geht nicht

MINOTAURUS47.
Warum nicht?

CHILICUPCAKE.
wie ich schon gesagt hab: kann ich nicht sagen

MINOTAURUS47.
Na geh!

CHILICUPCAKE.
uff. here we are again. as my dear departed friend lotus weinstock used to say: „i used to wanna change the world. now i just wanna leave the room with a little dignity."

MINOTAURUS47.
DER Weinstein?

CHILICUPCAKE.

weinSTOCK aus shortbus 2006

MINOTAURUS47.

Ah, ja. Kenn ich.

CHILICUPCAKE.

justin bond

MINOTAURUS47.

Ja klar. Der Bond, also ein anderer. Hehe.

CHILICUPCAKE.

bin überrascht, kennen nicht viele

MINOTAURUS47.

Da schau, ich bin immer für eine Überraschung gut. Haha.

CHILICUPCAKE.

okay, ich habe darüber nachgedacht, sex mit dir zu haben

MINOTAURUS47.

Oh? Und ich dachte, das war schon sowas wie Sex ;)

CHILICUPCAKE.

ich denke, es könnte eine interessante erfahrung für uns beide sein. ich find das, was wir haben, sehr inspirierend

„Be aware of the risks: Even if you want to keep your adventures limited to sexts, the one you're sexting with might have a different idea in their head."

MINOTAURUS47.

Warum der Sinneswandel, so plötzlich? Wollen wir nicht vorher die Kamera anmachen?

CHILICUPCAKE.

naaa, es soll ja spannend bleiben

MINOTAURUS47.

Wow, jetzt bin ich aber gespannt! ;)

CHILICUPCAKE.

wie wäre es mit morgen abend um 8 bei mir zu hause?

MINOTAURUS47.

Wie wäre es mit einem Café? Wir kennen uns ja gar nicht.

CHILICUPCAKE.

naja, schon ein bisschen

MINOTAURUS47.

Hmm ... *Er tippt „Solo-sex", will schon auf Return klicken, löscht „Solo-sex" und schreibt stattdessen:* Ich kenne da ein Café, da kann man ungestört sein. Was hältst du davon: Wir plaudern ein wenig und machen dann einen Spaziergang im Park? Genießen die frische Luft und die herrliche Aussicht. Die Sonne ... es gibt eine Terrasse ... neben dem Café ist ein Hotel – oh, Hotelzimmer machen mich immer so hemmungslos. Kleine Warnung: Don't challenge me there ;)

CHILICUPCAKE.

schickst du mir die adresse?

MINOTAURUS47 *kopiert einen Link ins Chatfeld.*

CHILICUPCAKE.

ich werde da sein

MINOTAURUS47.

Freu mich ;)

👋🍑😈

POLITIKER / MINOTAURUS47 *zieht die unterste Schublade seines Schreibtisches auf und ein Tuch aus einer Taschentuchbox.*

ACTIVIST / CHILICUPCAKE *beendet den Chat, klickt auf Settings und dann auf Profilfoto. Darauf zu sehen ist eine Frau mit langen, dunklen Locken, die Hände in die Hüften gestemmt, blickt sie mit einem herausfordernden Gesichtsausdruck in die Kamera. Er klickt auf PROFILFOTO LÖSCHEN, klappt das Buch „A Beginner's Guide to Mastering the Art of Sexting" und den Laptop zu, darauf eine wilde Ansammlung von Stickern: All the beauty and the bloodshed. Reverse cowgrrrl. Dieses HIGH. heute leider nicht. I ♥ last generation. sry, out of gender.* ⚢ ⚤ ☿ ⚧ ⚥ ⚦ ⚨ ⚩ ♂ ♀ ☿ ⚬ ⚭ ⚮ ⚯ *Time you enjoy wasting, was not wasted! The Rest Room. The cis-teme was never broken, it was built this way. FREE LOVE! Life is a killer. It doesn't get better. Just say no. wir sind die kleinen & wir machen was wir wollen. Every drop in the ocean counts.*

Durch das offene Fenster neben dem zugeklappten Buch strömt kühle Luft herein. Draußen: der dunkle Nachthimmel, die Lichter der Großstadt, der aufgehende Mond. Der Geruch von blühendem Blauregen.

Die Sexting-Tipps stammen allesamt aus dem Internet. *wir sind die kleinen und wir machen was wir wollen* (2006) ist ein Songtitel der Band *bob*/ Jörg Zemmler.

Der Politiker und die Escortdame

Ein schmuckloser Raum mit einem einfachen Tisch, zwei Stühlen und einem Sofa. Die Escortdame und der Politiker sitzen einander am Tisch gegenüber und spielen ein Brettspiel. Der Politiker macht triumphierend einen Zug, und die Escortdame schlägt wütend mit der Hand auf den Tisch. Dabei wirft sie ein paar Spielfiguren um.

ESCORTDAME.
Na geh, heute verlier ich dauernd …

POLITIKER.
Es ist ein Glücksspiel.

ESCORTDAME.
Ich hätte jetzt eh nicht sagen wollen, dass ich so blöd bin oder so … Letzte Woche hab ich dauernd gewonnen. Da war ich auch nicht gescheiter oder blöder als du …

POLITIKER *lächelt zärtlich, dann schaut er traurig.*
Ach, wenn wir so reden … Manchmal drückt's mich schon ein bisserl …

ESCORTDAME.
Was denn?

POLITIKER.
Dass wir uns wahrscheinlich bald nicht mehr sehen können …

ESCORTDAME *verdreht die Augen.*
Fängst' jetzt schon wieder damit an …

POLITIKER *streckt den Rücken durch.*
Wenn ich wirklich Minister werde, und das ist ja jetzt sehr wahrscheinlich … schon bald … sehr wahrscheinlich … Wenn es wirklich zu Neuwahlen kommt, wie alle sagen, dann hat unsere Partei die besten Chancen, und dann …

ESCORTDAME.

Jaja ...

POLITIKER.

Wenn ich Minister bin, dann kann ich mich nicht mehr mit dir treffen.

ESCORTDAME.

Wir spielen doch eh immer nur „Mensch, ärgere dich nicht“ und „Stadt Land Fluss“. Manchmal „Schifferl versenken“. Da kann doch keiner was dagegen haben. *Sie streckt den Rücken durch, seine Haltung imitierend.* Auch nicht, wenn du Miniiiiiister bist! *Sie überlegt kurz.* Aber wenn du willst, können wir ja dann auch anfangen, Schach zu spielen. Wenn das besser zu einem Minister passt.

POLITIKER.

Aber das wissen die Leute ja nicht! Wenn ich Minister bin ...

ESCORTDAME.

Falls du es wirst ...

POLITIKER.

Was jetzt schon bald sehr wahrscheinlich ist ... fast jeder sagt das schon! Fast jeder! Dann sehen die Leute mich, wie ich mit dir ins selbe Gebäude geh oder aus demselben Gebäude rausgeh, und dann denken die sich schon was ...

ESCORTDAME.

Nur weil du Minister wirst, wirst du ja kein richtiger Promi! Du tust so, als wärst du dann ein Hollywoodschauspieler!

POLITIKER *pikiert.*

Also ...

ESCORTDAME.

Oder ein Rockstar! Oder ... *Ein bisschen traurig.* Oder ein eingebildeter Theaterautor, der zu depperten Galas geht.

POLITIKER.

Ein Minister ist schon auch ein bisschen wie ein Promi! Oder wie ein Rockstar.

ESCORTDAME.

Nur für die, die sich dafür interessieren … und wer ist das schon?

POLITIKER.

Jedenfalls kann ich mich dann nicht mit einer Frau treffen, die … so einen Beruf ausübt wie du. Die Leute glauben dann, ich geh als Kunde zu dir.

ESCORTDAME.

Vielleicht will ICH mich ja gar nicht mit einem treffen, der so einen Beruf ausübt wie du, wenn du wirklich … Sie imitiert *seine große Geste*. Vielleicht, vielleicht … sehr wahrscheinlich schon bald, sehr wahrscheinlich vielleicht ja schon bald … *Sie lacht.*

POLITIKER *schüttelt genervt den Kopf.*

Beide schauen einen Moment schweigend auf das Spielbrett mit den umgeworfenen Figuren, die Stimmung zwischen ihnen wird ernst.

ESCORTDAME.

Weißt du, was meine Oma immer gesagt hat?

POLITIKER.

Was denn diesmal?

ESCORTDAME.

Meine Oma hat immer gesagt: Wenn sich ein Mann mit einer Frau nur regelmäßig trifft, aber nicht mit ihr … also, so … so … so … Sex hat …, sie hat es irgendwie anders ausgedrückt …, ich weiß nicht mehr, wie sie es gesagt hat …

POLITIKER.

Ja? Was ist dann?

ESCORTDAME.

Dann ist er in sie verliebt. Also in die Frau.

POLITIKER *voller Entsetzen.*

Was ist denn das für ein Blödsinn?!

ESCORTDAME.

Das stimmt.

POLITIKER.

Sowas ist unter deinem Niveau! Das klingt nicht wie etwas, das eine Oma sagt, sondern wie etwas, das in einer depperten Zeitschrift steht.

ESCORTDAME.

Dann wäre das aber das einzig Gescheite, das in der depperten Zeitschrift steht!

POLITIKER.

Oder das einzig Dumme, das deine Oma gesagt hat.

ESCORTDAME.

Danke. Im Namen meiner Oma.

POLITIKER.

Auch wenn ich sie nicht kenne ... Du hättest deiner Oma am Ende ihres Lebens nicht so depperte Zeitschriften ins Altersheim bringen sollen.

ESCORTDAME *lacht.*

POLITIKER.

Spielen wir jetzt noch eine Runde? Bis sieben hab ich Zeit, dann muss ich zu dem Sommerfest.

ESCORTDAME *steht auf und geht um den Tisch herum, nah an ihn heran. Ihr ironisch-aufreizender Gang wirkt ein bisschen gespielt und übertrieben, aber nicht lächerlich.*

Vielleicht willst du mir ja heute endlich einmal beweisen, dass du mich wirklich NICHT liebst.

POLITIKER *voller Panik.*

Bist du jetzt komplett deppert geworden?!

ESCORTDAME *umgarnt ihn.*

Wenn du mich einmal so richtig rannimmst und benutzt, dann glaub ich dir, dass du nicht in mich verliebt bist.

POLITIKER.

So ein kompletter Blödsinn! *Als würde er eine Rede halten.* Man kann nicht etwas beweisen, das nicht existiert. Liebe kann man beweisen. Es gibt Liebesbeweise, aber es gibt keine Nicht-Liebesbeweise. Oder Un-Liebesbeweise. Oder Anti-Liebesbeweise. Es gibt ja auch keinen Nicht-Gottesbeweis.

ESCORTDAME.

Sonst musst du mich heiraten, und ich werde deine Ministergattin. *Sie lacht.* First Lady! Dann können wir jeden Tag so viele Brettspiele spielen, wie wir wollen.

POLITIKER.

Was ist los mit dir? Wir haben doch heute gar nix getrunken ...

ESCORTDAME *bedrängt ihn immer mehr.*

Beweis es mir heute!

POLITIKER *wehrt sich.*

Man sollte meinen, du hast genug Sex in deinem Leben!

ESCORTDAME.

Aber noch nie mit einem, der in mich verliebt war.

POLITIKER.

Ich hab ... ich hab gedacht, das geht gar nicht! Du hast doch gesagt, man hat nur Sex, wenn man NICHT verliebt ist. Du redest sowas von einen Blödsinn!

ESCORTDAME.

Jaja …

POLITIKER.

Du widersprichst dir selbst! Bis vor ein paar Minuten hatte ich immer Respekt vor dir und deiner Meinung und deinen Ansichten.

ESCORTDAME *zieht ihn aufs Sofa.*

POLITIKER.

Du redest dich um Kopf und Kragen.

- - - - - - - - - - - - - - - - - - - -

POLITIKER *richtet sich auf, wirkt ein bisschen zufrieden mit sich.*

Na bitte, hat ja eh funktioniert!

ESCORTDAME *bleibt liegen.*

Jaja … eh …

POLITIKER *steht zur Gänze auf, richtet sein Gewand, das nur leicht durcheinandergeraten ist.*

Also, ich glaube, damit sind jetzt alle Zweifel beseitigt und alle Missverständnisse ausgeschlossen.

ESCORTDAME *resigniert, traurig.*

Ja, eh …

POLITIKER *zieht einen Kamm aus seiner Hosentasche und kämmt sich die Haare.*

Ich glaube, das war jetzt ein wirklich guter Unschuldsbeweis von meiner Seite. Damit ist die Grundlage für alle Anschuldigungen zur Zufriedenheit aller ausgeräumt.

ESCORTDAME *schüttelt resigniert den Kopf.*

POLITIKER *spielerisch, zu einer imaginären Kamera sprechend.*

Sehr geehrtes Publikum, geschätzte Vertreter der Presse und der Politik, liebe Mitstreiter, ich freue mich, heute bekanntzugeben, dass ich sämtliche Zweifel an meiner Person mit diesem Unschuldsbeweis für immer beseitigen konnte. Ich bin nicht verliebt in – *mit dem Finger auf das Sofa zeigend* – diese Frau. *Er lacht zufrieden.* Ich muss wirklich Minister werden!

ESCORTDAME.

Jaja, beruhig dich wieder …

POLITIKER *übermütig weiterspielend, sich drehend und mit tragender Stimme, als würde er zu einer riesigen Menschenmenge sprechen.*

Sehr geehrter Herr Präsident! Lieber ORF! Sehr geehrtes Nachrichtenpublikum! Ich bin nicht verliebt in diese Frau! Sehr geehrte Vereinte Nationen …

ESCORTDAME.

Schon gut, es haben alle verstanden …

POLITIKER.

Sehr geehrte Abgeordnete! Geschätzte anwesende Prominenz aus Politik, Kunst und Kultur! Sehr geehrter Papst und geschätzte Vertreter aller anderen Konfessionen! Ich sage hier und heute: Ich bin nicht verliebt in diese Frau.

ESCORTDAME *laut.*

Es haben wirklich ALLE verstanden!

POLITIKER *sich zusammenreißend, schaut sie an.*

Na komm, was ist denn? Ich rede ja nur Blödsinn, weil ich jetzt so gute Laune hab.

ESCORTDAME *schüttelt resigniert den Kopf.*

POLITIKER *geht wieder auf das Sofa zu, beugt sich zu ihr herab und gibt ihr einen Kuss auf die Wange.*

Und die gute Laune hab ich ja dir zu verdanken.

ESCORTDAME.

Ja, eh …

POLITIKER *plötzlich ernst.*

Irgendwie verstehe ich euch Frauen nicht. Zuerst seid ihr aus unverständlichen Gründen sauer, und dann, wenn man euch widerstrebend gibt, was ihr wollt ...

ESCORTDAME.

Ha!

POLITIKER.

... dann ist es euch auch nicht recht.

ESCORTDAME *ironisch.*

Na, wie SCHÖN, dass du so unkompliziert bist!

POLITIKER *entfernt sich wieder vom Sofa, richtet sich erneut das Gewand.*

Also, dann ... Die werden bei dem Fest eh schon auf mich warten.

ESCORTDAME *setzt sich auf, schaut vor sich hin.*

POLITIKER.

Sehen wir uns nächste Woche?

ESCORTDAME *überlegt lange, dann sehr leise, zu sich.*

Weiß ich nicht ...

POLITIKER.

So schnell bin ich noch nicht Minister!

ESCORTDAME *schaut nur vor sich hin.*

POLITIKER.

Na ja, meld dich halt ... Baba!

Er geht ab.

Die Escortdame sitzt noch eine Weile schweigend da, dann steht sie auf, geht zum Tisch und schaut nachdenklich das Spielbrett an. Sie berührt mit dem Finger eine Figur, verändert aber nichts.

Mimesis und Verführung. Ein Nachwort

Arthur Schnitzlers (1862-1931) „Reigen“ ist, wirft man einen Blick in die europäische bzw. internationale Literaturgeschichtsschreibung, nicht nur sein bekanntestes, sondern wohl auch sein erfolgreichstes Stück – ein Tanz der kalkulierten Verführungen quer durch die Schichten der Gesellschaft. Jede der Figuren in diesem Liebesreigen, um den für unser Vorhaben relevanten Titel der Urfassung seines Dramas aufzurufen, ist dabei, unabhängig vom jeweiligen Status, den Mächten des definitionsscheuen Eros, der mehr bis minder eingestandenen Sehnsucht und nicht zuletzt dem eigenen blanken Verlangen unterworfen. Auch wenn die Aussparungen, unter denen dann eingelöste Sexualität im Stück firmiert, vieldiskutiert sind und die Auseinandersetzung mit dem Autor und seinem Werk prägen – im Zentrum stehen für uns die von Schnitzler herausgearbeiteten, rhetorischen Strategien der Manipulation, der Verschleierung oder auch der Lüge. Um zum Ungesagten zu kommen, ist den stellvertretend agierenden Figuren – der Vergleich zum aus der Volkskultur in die Aristokratie getragenen Reigentanz ist hier ebenso fern wie der zum kunst- und medienhistorisch gut belegten Totentanz – vermeintlich jedes Mittel recht. Auch die Auflösung der recht kurzlebigen Nähe zwischen den miteinander verquickten Figuren ist in ihrer sprachlichen Auskleidung von Schnitzler entsprechend angelegt: Aufbruch bedeutet hier nicht nur Abschied, sondern auch (erneute) Distanzierung.

Um mit der vorliegenden Annäherung in Form eines neuen Tanzes aber zumindest eine dauernde Form textlicher Nähe zu gewährleisten, haben wir als Herausgeber gemeinsam mit den Autorinnen und Autoren kreative Spielregeln und Vorgaben vereinbart: eine maximale Länge der Szene, ein der Vorlage vergleichbarer Fokus auf Dialoge und Spielbarkeit, die Betonung der Verführung bzw. der damit verbundenen sprachlichen und gestischen Strategien. Damit waren für uns die Grundlagen der erstrebten, produktiven Auseinandersetzung mit Schnitzlers Reigen in zweifacher Weise gegeben: einerseits als literarische Form der aktualisierenden Übertragung des adressierten Hypotexts in unsere Gegenwart; andererseits als respektvolle Annäherung an einen Klassiker, die die belegbaren Intentionen des Autors und eine geradezu einzigartige Skandalgeschichte des europäischen Theaters mitdenken will.

Prozesse eines „Saustücks"

Im Prozess um den Reigen urteilte das dritte Landesgericht in Berlin am 18. November 1921, dass das Stück in keiner Weise „obszön oder anstößig" sei. Die Besitzerin des Kleinen Schauspielhauses, die Hochschule für Musik, hatte eine Klage nicht gegen Schnitzler selbst, sondern wegen „Erregung öffentlichen Ärgernisses" gegen die Direktoren, den Regisseur und das Ensemble des Theaters eingebracht. Weiter lautet die Urteilsbegründung: „Das Stück verfolgt, wie das Gericht aus der Beweisaufnahme feststellt, einen sittlichen Gedanken. Der Dichter will darauf hinweisen, wie schal und falsch das Liebesleben sich abspielt. Er hat nach Auffassung des Gerichts, nicht die Absicht gehabt, Lüsternheit zu erwecken. [...] Die geschlechtliche Beiwohnung selbst wird nicht beschrieben. Sie tritt vollkommen zurück, sie ist dem Dichter nur Mittel zum Zweck."

Das wird bei vielen Verfilmungen und Aufführungen seitdem gerne vergessen, und auch nicht wenige Zeitgenossen haben es – teilweise absichtlich – anders gesehen. Als eine Zeugin im Prozess fungierte beispielsweise Elise Gerken, Angehörige des ‚Volksbundes für Anstand und gute Sitte'. Sie sagte aus:

> Ich habe viele Leute [...] gesprochen, die das Stück gesehen hatten, und ich fand von ihnen das Urteil bestätigt, [...] daß auch die dezenteste Darstellung der Schauspieler nicht imstande ist, den Schmutz und die Gemeinheit des Werkes abzumildern und seiner Unsittlichkeit zu entkleiden. [...] Die zehnmal sich prostituierenden Weiber in diesem Stück geben sich, z. T. nach wenigen Minuten, einem ihnen nicht einmal dem Namen nach bekannten

> Manne hin [...]. Besonders scharf gekennzeichnet wird der ganze Vorgang auch dadurch, daß nach dem Akt der Mann sich fast jedesmal in einer zynischen Brutalität von dem Weibe, das ihm eben willig war, abwendet [...]!

Kein Wunder also, dass jeder Besucher, der für die Aufführung in Leipzig am 22. Januar 1921 eine Karte kaufen wollte, eine Erklärung unterzeichnen musste, dass er „gegen den Inhalt der Szenen keine Einwendung erheben" würde, und außerdem die Karte „nur für sich zu verwenden oder nur an gleichgesinnte Personen, nicht unter achtzehn Jahren, weiterzugeben" gedenke.

Am 12. Februar wird Schnitzler in einem Interview für das „Illustrierte Wiener Extrablatt" gefragt, ob er sich zu Änderungen am Reigen durchringen könnte, worauf er entgegnet: „Nachdem ich mich einmal zur Aufführung entschlossen habe, wird nichts gestrichen. Keine Szene wird weggelassen und von einer Zurückziehung ist keine Rede. Gegen Regieänderungen habe ich indes nichts einzuwenden."

Dabei hielt sich Frau Gerkens Kritik noch in gefasstem Ton. Nach der Wiener Aufführung erklärte der spätere Bundeskanzler Ignaz Seipel am 13. Februar vor dem Volksbund der Katholiken Österreichs, dass das „sittliche Empfinden des bodenständigen christlichen Volkes [...] auf das schwerste durch die Aufführung eines Schmutzstückes aus der Feder eines jüdischen Autors verletzt" worden sei. Fünf Tage vorher stürmten Jugendliche die Bühne und schrien: „Nieder mit dem Reigen!" und „Man schändet unsere Weiber!", weswegen die Vorstellung auch in der vorletzten Szene abgebrochen werden musste. Am Abend des 16. Februar wurden Besucher von Demonstranten vor dem Volkstheater regelrecht verprügelt, während der Aufführung selbst wurden Stinkbomben und mit Teer gefüllte Eier geworfen. Das war noch nicht alles. Nach diesen Vorfällen verbot der Wiener Polizeipräsident Johann Schober zum „Schutz der öffentlichen Ruhe und Ordnung" jede weitere Aufführung. Auch im Wiener Parlament kam es zu Prügeleien; Sozialdemokraten und Christlichsoziale wurden wegen des „Saustücks", wie es in der klerikalen Presse genannt wurde, handgreiflich. Für den Verfasser des Reigen sind diese Vorfälle ein „Unikum der Theatergeschichte".

Vom Polizeischutz zur Zensur

Hellsichtige Journalisten der Zeit haben erkannt, dass es keineswegs nur um die künstlerisch-sittlichen Motive ging, die im Reigen-Skandal immer wieder vorgeschützt wurden. Im „Neuen Wiener Journal" heißt es am 18. Februar 1921:

> Im Grunde denkt keiner an den Reigen mit seinen zehn Liebesepisoden, wenn er in diesem Kampf um ihn Stellung nimmt. Es geht um Höheres. Der Kampf um den Reigen ist jetzt besonders nach den Szenen vom Mittwoch symptomatisch geworden. Es ist ein Kampf zwischen Stinkbomben und Geistigkeiten, zwischen der Freiheit der Idee und ihrer Beherrschung durch Leute, die nicht hervortreten wollen.

Diese Ereignisse führten sogar zu einer Auseinandersetzung zwischen dem Innenminister Egon Glanz und dem Wiener Bürgermeister Jakob Reumann, der sich einem Aufführungsverbot widersetzte, welche dann vom Verfassungsgerichtshof entschieden wurde. Im März 1922 konnte der Reigen unter Polizeischutz wieder aufgenommen und gespielt werden. Die letzte Aufführung fand am 30. Juni 1922 statt.

Schnitzler ist dieser sich über Jahre hinziehenden Affäre zu diesem Zeitpunkt bereits müde und notiert im Tagebuch: „Unter den zahlreichen Affären meines Lebens ist es wohl diese letzte, in der Verlogenheit, Unverstand und Feigheit sich selbst übertroffen haben. [...] Welches Spiel der Verlogenheiten. Politicum. Unaufrichtig Feind wie Freund. -- Allein, allein, allein." Es geht im Berliner Reigen-Prozess und im Wiener Reigen-Skandal natürlich um mehr als ein von 1896-7 verfasstes Theaterstück, das zunächst nur als Privatdruck für Freunde erschien. Neben weltanschaulichen Differenzen, gewürzt mit einer ordentlichen Dosis Antisemitismus, stellte sich auch die zentrale Frage, inwieweit der Staat der Kunst Vorschriften machen dürfe. Nach der „strengen" Kaiserzeit erwies sich die Weimarer Republik hier als liberaler, was freilich nur zwölf Jahre später ganz anders aussehen sollte.

Das 1903 im Verlag Fritz Freund erschienene Buch wurde ein Jahr darauf in Deutschland verboten, und auch die kaiserlich-königliche Zensur unterband eine Inszenierung auf österreichischen Bühnen. In aller Munde war der Reigen dennoch auch vor dem Ersten Weltkrieg, wie verschiedene, vom Autor nicht genehmigte Lesungen und Aufführungen in München oder Breslau beweisen. 1912 kam der Reigen, da in der ungarischen Reichshälftc andcre Zensurvorgaben herrschten, in Budapest erstmals auf die Bühne – wie übrigens auch, ein Jahr später, der in Wien verbotene Professor Bernhardi. Starkes Interesse bestand also, weshalb die ersten Wiener Aufführungen auch restlos ausverkauft waren und neben der Abend- auch eine Nachtvorstellung stattfinden musste. Bereits 1919 trat Max Reinhardt mit der Bitte an Schnitzler heran, in dieser neuen, freieren Zeit den Reigen inszenieren zu dürfen. Das von ihm bearbeitete Drehbuch ist überliefert. Da er jedoch die Aufführungsrechte ans Kleine Schauspielhaus in Berlin abgab, fand die Uraufführung am 23. Dezember 1923 dort statt. Nach Prozess und Skandal bat Schnitzler seinen Verleger S. Fischer, dem die Rechte gehörten, das Stück nicht mehr aufführen zu lassen. Sein Sohn Heinrich (1902-1982) beherzigte das und verlängerte das Aufführungsverbot bis ans Ende seines Lebens. Ein Jahr vor seinem Tod gab er ihn dennoch frei. Vergessen war der Reigen auch nach sechzig Jahren nicht, weshalb er schon in der Silvesternacht 1982 in Basel, München und London, bald darauf auch in Berlin, Frankfurt und Wien auf die Bühne kam.

Von alten Bildern zu neuen Szenen

Das Machtspiel um den Geschlechtsakt weist über die bürgerliche Doppelmoral des Fin de Siècle hinaus in die Zeitlosigkeit zwischenmenschlicher Beziehungen. Wie Thomas Mann in Tonio Kröger schreibt, im gleichen Jahr wie Schnitzlers Szenenfolge erschienen: „Wer am meisten liebt, ist der Unterlegene und muss leiden." Im Reigen geht es jedoch weit weniger sentimental zu. In der Gier vor und der Hohlheit nach körperlicher Liebe zwischen Menschen, die einander nicht sicher sind, lässt der Autor einen feinen Humor mitschwingen. Er zeichnet trotz bloßer Berufsbezeichnungen psychologische Charakterstudien. Bei aller Ironie bleibt eine harte Wahrheit zurück, welche dem Mediziner Schnitzler nur allzu deutlich war, die aber denjenigen, welche dem Liebesakt eine heilige Weihe beimessen wollen, übel aufstoßen musste. Auf ihre Weise haben diejenigen, die Liebe als einen menschlichen Urtrieb, der jenseits aller neuzeitlich-zivilisatorischen Moral vor allem auf die Fortpflanzung ausgerichtet ist, auffassen, und die Verfechter der körperlichen Vereinigung als höchsten Ausdruck der Zuneigung und Intimität zweier Menschen, beide Recht. Denn in der Liebe und dem Liebesakt prallen, auf grundsätzlichster Ebene, biologische und kulturelle Bedürfnisse aufeinander. Weil es Schnitzler gelungen ist, diese beiden fundamentalen menschlichen Kräfte in einem Drama zu vereinen, fesselt es uns durch seinen kontroversen Charakter bis heute.

Wir haben versucht, diese Aspekte des Originals auf unseren „Nächsten Tanz" zu übertragen. Durch großes Glück konnten wir führende Autorinnen und Autoren unserer Generation für die Mitarbeit an diesem neuen Reigen gewinnen, denen unser Dank gebührt. Besonders verpflichtet sind wir Anna Fercher als Lektorin, die durch ihren unermüdlichen Einsatz maßgeblich zur Verwirklichung dieses Bandes beigetragen hat. Da jeder Charakter von zwei Autoren gezeichnet wurde, bestand eine Herausforderung darin, diesem dennoch für seine beiden Szenen eine glaubwürdige Konsequenz zu verleihen. Den Anstoß zu diesem Buch gab Michaela Pfundner von der Österreichischen Nationalbibliothek dank ihrer Entdeckung bisher unbekannter Szenenfotografien der ersten Wiener Reigen-Aufführung, die hier (seit 1921) erstmalig zum Abdruck gelangen. Es ist gut möglich, dass die abgebildeten Schauspieler zum Zeitpunkt der Aufnahmen nicht ahnten, bei einem teilweise lautstark protestierenden, gewalttätigen Publikum vielleicht sogar die schwerste Darstellung ihrer Laufbahn vor sich zu haben.

Wien, im August 2023
Max Haberich und Thomas Ballhausen

Biographien

THOMAS BALLHAUSEN, geboren 1975 in Wien, Autor, Literaturwissenschaftler und Kulturphilosoph. Senior Artist an der Universität Mozarteum Salzburg; internationale Lehr- und Forschungstätigkeit zu den Schwerpunkten Mediengeschichte, Critical Heritage Studies, Theorien der Ästhetik sowie Literatur und/als Künstlerische Forschung. Literarische und wissenschaftliche Publikationen, darunter auch die Prosabände: *Die Unversöhnten* (2007), *Bewegungsmelder* (2010), *Lob der Brandstifterin* (2013) und *In dunklen Gegenden* (2014). Zu seinen neuesten Publikationen, in denen er sich mit den Verbindungen zwischen Prosa und Lyrik auseinandersetzt, zählen u. a.: *Das Mädchen Parzival* (2019) und *Transient. Lyric Essay* (2020).

DANIELA CHANA, 1985 in Wien geboren, ist Schriftstellerin, Rezensentin und Essayistin. Sie promovierte an der Universität Wien im Fach Vergleichende Literaturwissenschaft. Ihr Gedichtband „Sagt die Dame" (Limbus Verlag) wurde 2019 unter die Lyrik-Empfehlungen der Deutschen Akademie für Sprache und Dichtung gewählt. 2021 folgte, wieder bei Limbus, der Erzählband „Neun seltsame Frauen", der Chana eine Nominierung auf der Shortlist des Österreichischen Buchpreises eintrug. Für die Zeitung *Die Presse* schreibt sie regelmäßig Essays über Themen des Alltags und der Literatur.

ALEXANDER ESTIS wurde 1986 in einer jüdischen Künstlerfamilie in Moskau geboren. Nach Abschluss des Studiums an der Universität Hamburg arbeitete er als Dozent für deutsche Sprache und Literatur an verschiedenen Universitäten in Deutschland und der Schweiz, wo er seit 2016 als freier Autor lebt. Seine Texte werden in Anthologien und Zeitschriften (u.a. *Sinn und Form, Lichtungen, Entwürfe*) publiziert; außerdem verfasst er Essays, Glossen und Kolumnen (u .a. für *Die Zeit,*

Deutschlandfunk Kultur, *NZZ* und *Neues Deutschland*). Zuletzt erschienen der Kurzprosaband *Legenden aus Kalk* bei der ParasitenpresseKöln sowie *FLUCHTEN* in der edition mosaik. Alexander Estis ist Mitglied der Vereinigung *Autorinnen und Autoren der Schweiz* und des Exil-P.E.N. Für seine Texte erhielt er mehrfach Auszeichnungen und Stipendien; derzeit ist er Stadtschreiber-Stipendiat in Dortmund.

Anna Fercher, geboren 1993 und aufgewachsen im Kärntner Mölltal, lebt seit 2022 in Wien, wo sie als archäologische Fachkraft tätig ist. Zuvor studierte sie Archäologie, Germanistik und Geschichte in Graz. Dort sammelte sie als studentische Mitarbeiterin am Franz-Nabl-Institut für Literaturforschung auch praktische Erfahrung im Umgang mit Vor- und Nachlässen steirischer Autorinnen und Autoren. Seit 2016 wurden mehrere ihrer Kurzgeschichten in den Anthologien des Mölltaler Geschichten Festival veröffentlicht, einige davon auch ausgezeichnet (2017: Publikumspreis, 2022: Mölltalerpreis).

Katharina J. Ferner lebt als Poetin und Performerin in Salzburg. Redaktionsmitglied mehrerer Literaturzeitschriften, darunter *Mosaik*. 2016 bis 2019 Mitbetreuung der Lesereihe ADIDO (Anno-Dialekt-Donnerstag) in Wien. 2017 Stadtschreiberin in Hausach (D). 2019 Lyrikstipendium am Schriftstellerhaus Stuttgart. Seit 2020 arbeitet sie gemeinsam mit anderen Autoren mit der Lungauer Kulturvereinigung über das Format „Junge Literatur im Lungau" zusammen. Seit Jänner 2021 schreibt sie unter dem Titel „Ferner dichtet" für die *Salzburger Krone* wöchentlich Poesie. Gemeinsam mit dem Fotografen Mark-Daniel-Prohaska widmet sie sich im Filmprojekt „Homeage" literarischen Straßennamen in Salzburg und beliest diese mit Texten zeitgenössischer Autoren. Teilnahme am Ingeborg-Bachmann-Wettlesen 2021. Mit Kalinka Kalaschnikow organisierte sie die Lesereihe *Das nackte Wort*.

MAX HABERICH wurde 1984 geboren und wuchs in München auf. Studium der Geschichte, Kunstgeschichte und Neueren deutschen Literaturwissenschaft in York, Aix-en-Provence und Tübingen. Promotion über die deutsch-jüdische Identität von Arthur Schnitzler und Jakob Wassermann an der Universität Cambridge. Er lebt seit September 2014 in Wien. Gründung des Autorenkreises Jung Wien '14. Er veröffentlichte 2017 die Biographie *Arthur Schnitzler. Anatom des Fin-de-Siècle* (Kremayr & Scheriau). 2019 *erschien Am Abhang der Wind. Erzählungen,* 2022 der Roman *Glanz und Schatten* (beide Löcker), 2023 das zynische Wörterbuch *Diabolische Definitionen.* Bei Audiamo wurden die Hörbücher *Quer durch die Welt. Erzählungen* sowie *Heilsame Stromstöße. Satiren* veröffentlicht. Im September 2021 gründete Haberich den Kurzgeschichtenverlag *Brot und Spiele.*

JUDITH NIKA PFEIFER, Autorin und Künstlerin, publiziert Lyrik, Prosa. Hörspiele für Deutschlandfunk, Ö1/Kunstradio, Radiokolleg. Ausstellungsbeteiligungen, Foto- und Videoarbeiten, Installationen. Reinhard Priessnitz Preis 2012. Zahlreiche nationale und internationale Kooperationen und Festivalbeteiligungen zuletzt Internationale Literaturdialoge 2023, ACFNY/ Sant Jordi Festival NYC 2021, microfestival Prague 2022, Schamrockfestival für Poesie 2022. Publikationen u.a.: flugschrift (hg. von Dieter Sperl 2022), TUCSONICS (Berlin/Wien: hochroth 2019), Violante (Wien: Czernin 2017). Pfeifer lebt in Brüssel und Wien.

MICHAELA PFUNDNER, geboren 1965 in Amstetten. Langjährige Tätigkeit am Bildarchiv des Instituts für Zeitgeschichte. Seit 2010 stellvertretende Direktorin von Bildarchiv und Grafiksammlung und Leiterin der Abteilung Bilddokumentation der Österreichischen Nationalbibliothek. Zuletzt erschienen: *Der Fotograf des Kaiserhauses* (2022).

Lorena Pircher wurde am 05. Juli 1994 in Südtirol, Italien, geboren. Nach dem Besuch des Humanistischen Gymnasiums in Meran studierte sie Englisch und Französisch sowie Vergleichende Literaturwissenschaften in Wien. 2018 veröffentlichte sie ihren ersten Gedichtband *Irrende Welten* und seitdem mehrere Gedichte und Kurzgeschichten in Anthologien oder Literaturzeitschriften. Sie schreibt vor allem Prosalyrik sowie Essays und Kurzprosa und arbeitet derzeit an einem weiteren Gedichtband. Inspiration findet sie im Malen und Zeichnen, im Reisen und indem sie neue Sprachen lernt.

Stefan Reiser, geboren 1981 im Innviertel, lebt als Autor und Theatermacher in Wien und Oberösterreich. Studium der Theater-, Film- und Medienwissenschaft; seitdem freischaffend: Stücke, Produktionen, Inszenierungen, zahlreiche Aufführungen, Performances und Lesungen auf verschiedenen Bühnen. Seine Minidramen, Miniaturen und Kurzgeschichten veröffentlicht er in Zeitschriften und Anthologien (u. a. *Die Rampe, kolik, schreibkraft, X-BLATT; Facetten, Jahrbuch österreichischer Lyrik, Die Corona-Anthologie*). Unter den Auszeichnungen finden sich Einladungen zu „Text trifft Regie“ (Staatstheater Mainz, 2011) und zum „Forum junger Autoren Europas“ (Biennale am Staatstheater Wiesbaden, 2012), außerdem Dramatikerstipendien (2011, 2016) und Residencies des Bundes (Schloss Wartholz, 2011; Rom, 2016) sowie der Kunstsammlung des Landes Oberösterreich (Gmunden, 2017; Krumau an der Moldau, 2018). Zuletzt war er auf Einladung der Österreichischen Gesellschaft für Literatur zu Gast in der Casa Litterarum (Paliano, 2021).

Gregor Schima, 1992 in Wien geboren, wo er Vergleichende Literatur- und Musikwissenschaft studierte; derzeit Dissertation zum Thema Selbstreflexion in Operninszenierungen. Von 2015 bis 2019 Mitarbeiter am Ludwig-Boltzmann-Institut für Geschichte und Theorie der Biographie, dessen Schwerpunkt zur Literatur der Wiener Moderne (Jung Wien) die intensive Beschäftigung mit Gustav Mahler, Arnold Schönberg und Hugo von Hofmannsthal an der Universität ergänzte. Eigenständiges Schreiben seit dem Alter von etwa sechzehn Jahren, mit einem Hang zum Manisch-Grotesken (hierfür dankt er seinem Förderer Leopold Moser). Lesungen u. a. an folgenden Orten in Wien: Amerlinghaus, Wotrubakirche, Café Museum, Café Ritter, Café Carina, Heuriger Maly, Badeschiff, Weinhaus Sittl.

Zarah Weiss, geboren 1992 in Düsseldorf und aufgewachsen auf dem Land am Niederrhein, schreibt, seit sie sich erinnern kann. Nach Stationen in Leipzig und Kopenhagen (Philosophie, Kultur und Film) kam sie 2015 zum Literaturstudium nach Wien und ließ sich von der Stadt weit über das Studium hinaus in den Bann ziehen. Sie hat in diversen Zeitschriften und Anthologien veröffentlicht, 2022 erschien ihr erster Kurzgeschichtenband *Blasse Tage*. 2017 war sie Preisträgerin der LitArena St. Pölten, 2018 Stipendiatin der Werkstatt Prosa Graz und 2019 Finalistin beim 27. Open Mike Berlin. 2022 fand sie als Gewinnerin von Jung Wiens erstem Literaturpreis zur Gruppe, war Startstipendiatin des BMKÖS und Exil-Literaturpreisträgerin. 2023 Arbeitsstipendium Dramatik der Stadt Wien. Derzeit arbeitet sie an einem Romanprojekt, das durch das Arbeitsstipendium Literatur und ein Projektstipendium der Stadt Wien gefördert und mit dem Theodor-Körner-Preis ausgezeichnet wurde.

Originale Szenenfotos der Wiener Erstaufführung von Schnitzlers „Reigen“ (1921)

Foto 1: Die Dirne und der Soldat

Foto 2: Der Soldat und das Stubenmädchen

Foto 3: Das Stubenmädchen und der junge Herr

Foto 4: Der junge Herr und die junge Frau

Foto 5: Die junge Frau und der Ehemann

Foto 6: Der Gatte und das süße Mädel

Foto 7: Das süße Mädel und der Dichter

Foto 8: Der Dichter und die Schauspielerin

Foto 9: Die Schauspielerin und der Graf

Foto 10: Der Graf und die Dirne